AMORES
CARNAVAIS

AMORES CARNAVAIS
contos sobre a folia

Organização: Raphael Guedes

1ª edição | **LARANJA** ● **ORIGINAL** | São Paulo | 2017

Sumário

Prefácio	9	
Raphael Guedes		
SEXTA-FEIRA	14	
Sambanelar	17	
Adriano De Luca		
Carnaout	23	
Luis Vassallo		
A pirueta dos infelizes	29	
Raphael Guedes		
SÁBADO	36	
Descer a Augusta	39	
Eduardo Guimarães		
Dançar quando todos marcham	49	
Gabriel Pondé		
O samba e o silêncio	57	
Luis Vassallo		
DOMINGO	66	
A janela que abre alas	69	
Guilherme Figueira		
Borboletas	75	
Fabiana de Franceschi		
Temporal	83	
André Zamboni		

SEGUNDA-FEIRA 94

A última fantasia 97
Gustavo Vilela

Paralelepípedo 107
Fernanda Machado

Desde que o samba é samba 111
Renato Malkov

TERÇA-FEIRA 126

O diabo e a morena 129
André Zamboni

Alalaô 135
Ana Paula Dugaich

Seis noites com traslado 141
Fernanda Machado

Festa de Piratininga 145
Raphael Guedes

QUARTA-FEIRA 152

Os autores 156

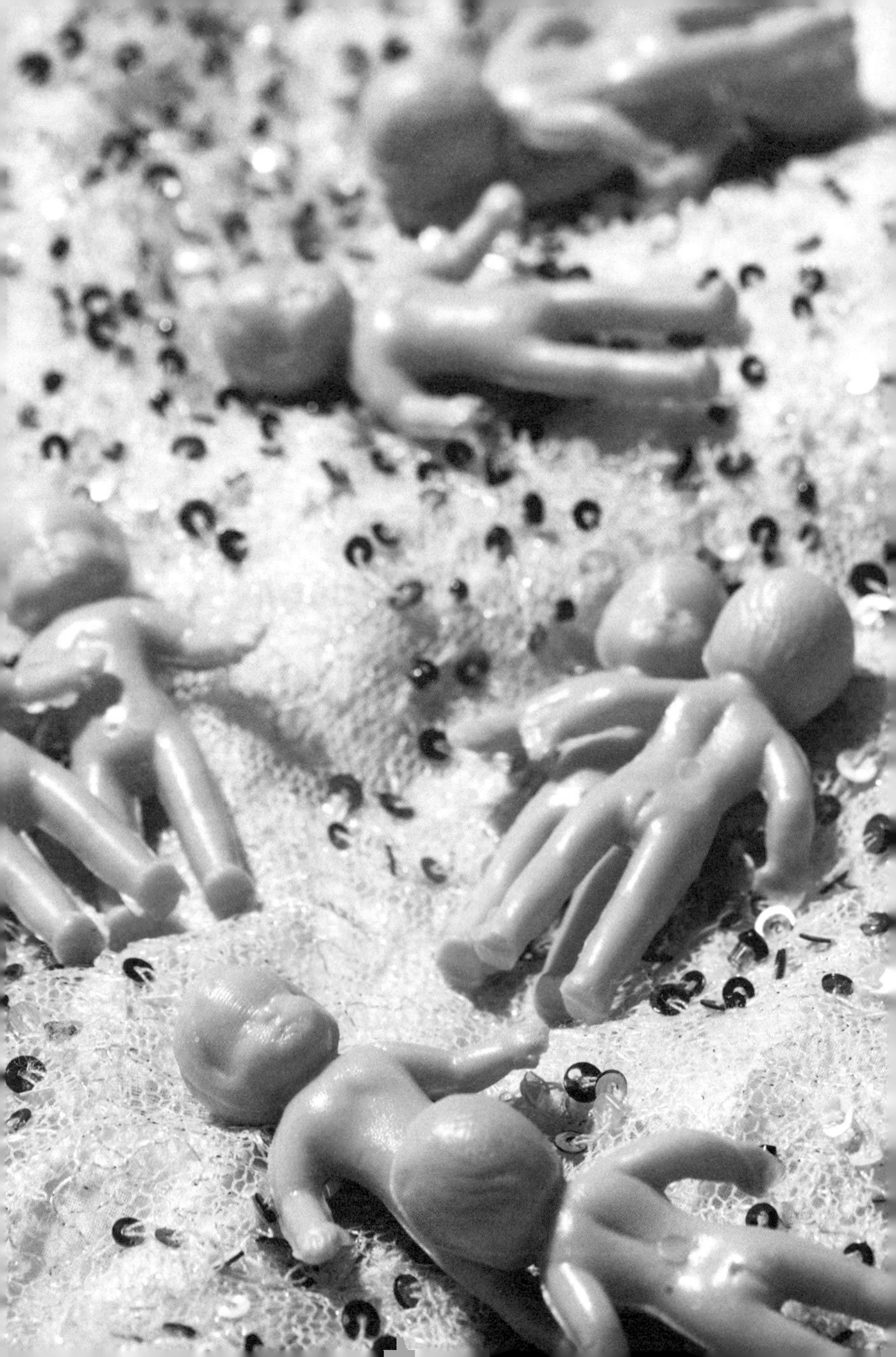

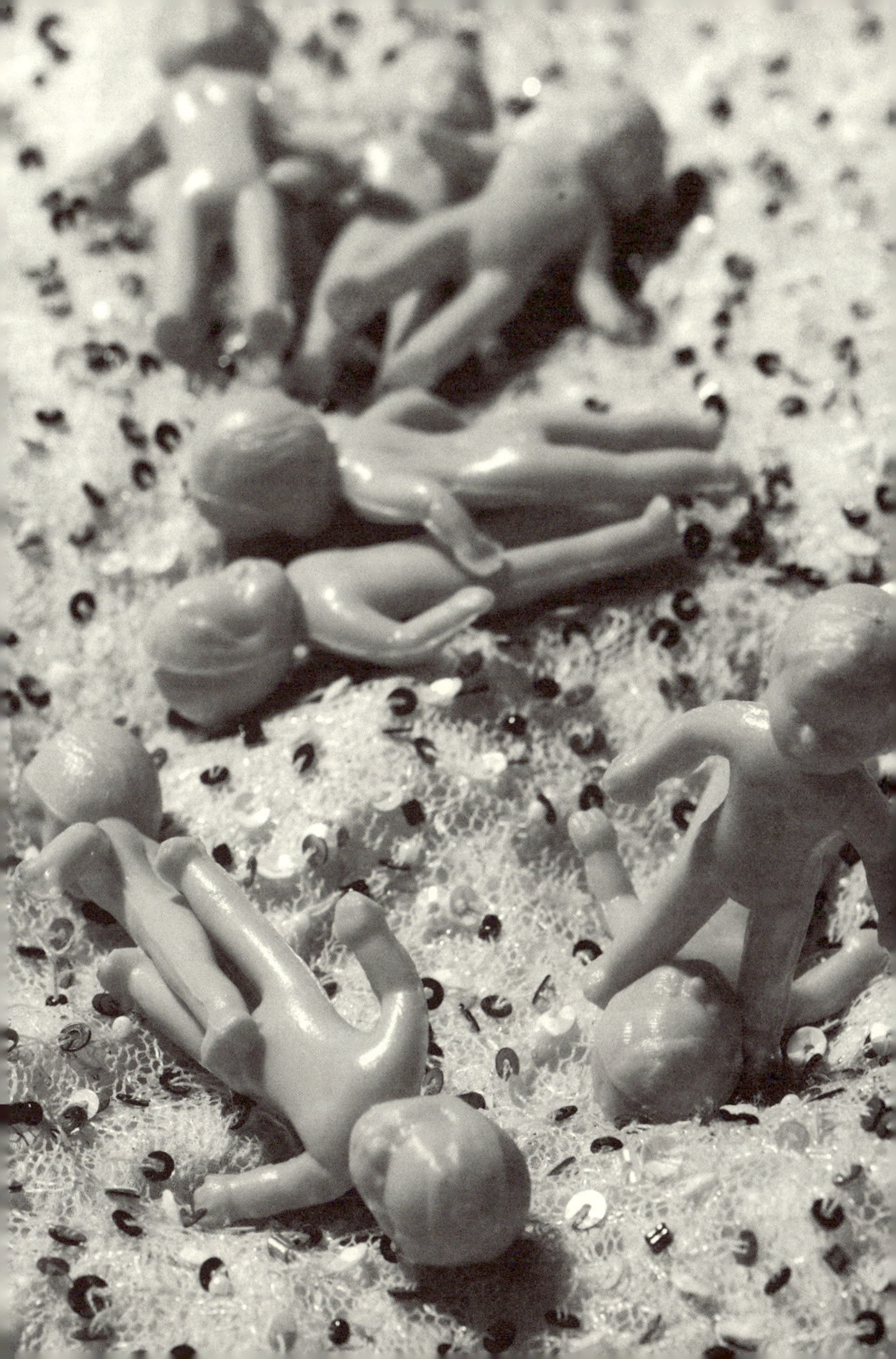

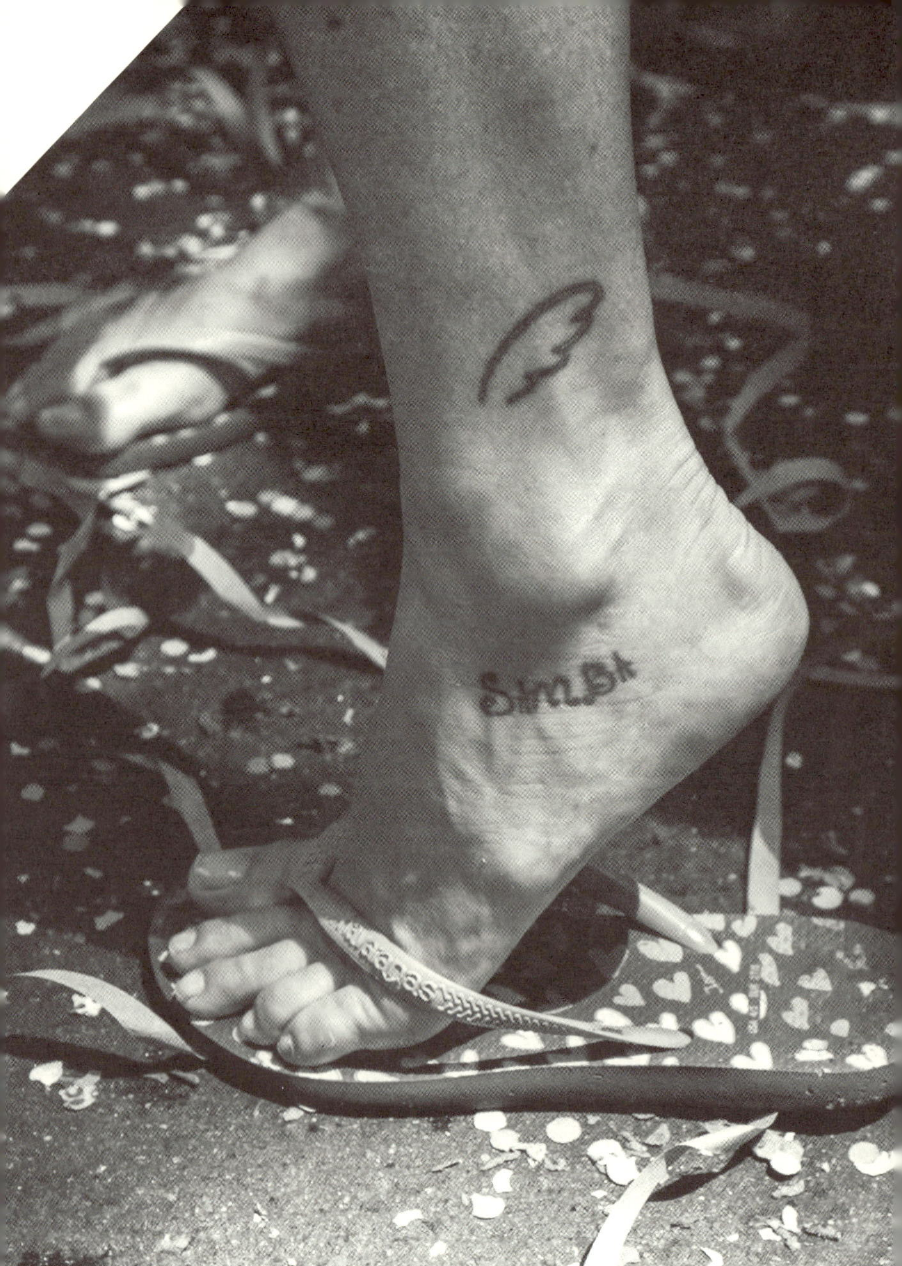
Simba

Prefácio

Uma folia literária

Carnaval é bom porque não tem prefácio. Ao soar das primeiras batidas do tamborim, ninguém precisa ser introduzido à festa: a algazarra já começa com força total. Por outro lado, um livro, mesmo que carregue Carnaval no nome, pode fazer uso de um textinho abre-alas para contar um pouco do seu enredo.

A ideia da criação deste livro foi inspirada no renascimento do Carnaval de rua em São Paulo e na tradição multifacetada do folguedo no Rio de Janeiro. Para narrar novos capítulos desse delírio coletivo, 12 autores e 2 fotógrafos dessas cidades aceitaram o desafio de rasgar a fantasia dos estereótipos e criar contos e imagens a partir do olhar contemporâneo. Os textos aqui reunidos fogem dos pierrôs, das colombinas, e retratam não só o amor que une e separa os amantes, mas também as complexas e sensíveis relações entre um filho e um pai, entre amigas distantes, entre uma senhora e um bloco de rua. O amor que se esconde sob a máscara da repulsa ao Carnaval. Sublimes recortes de um período sem regras, sem protocolos, sem compromissos.

Para dar cadência a essa odisseia etérea e maliciosa, os 16 contos são entremeados por seis narrativas curtas que conduzem o leitor pelos dias de festejo, dividindo o livro em capítulos informais. Da excitação da sexta, véspera de Carnaval, aos múrmurios da quarta-feira de cinzas, vão sendo traduzidas as diversas maneiras como as relações humanas são impactadas pela mais brasileira das festas.

Esperamos que você desfile sem cerimônia pelos contos deste livro, que, assim como o Carnaval, foi feito com a força coletiva.

Raphael Guedes

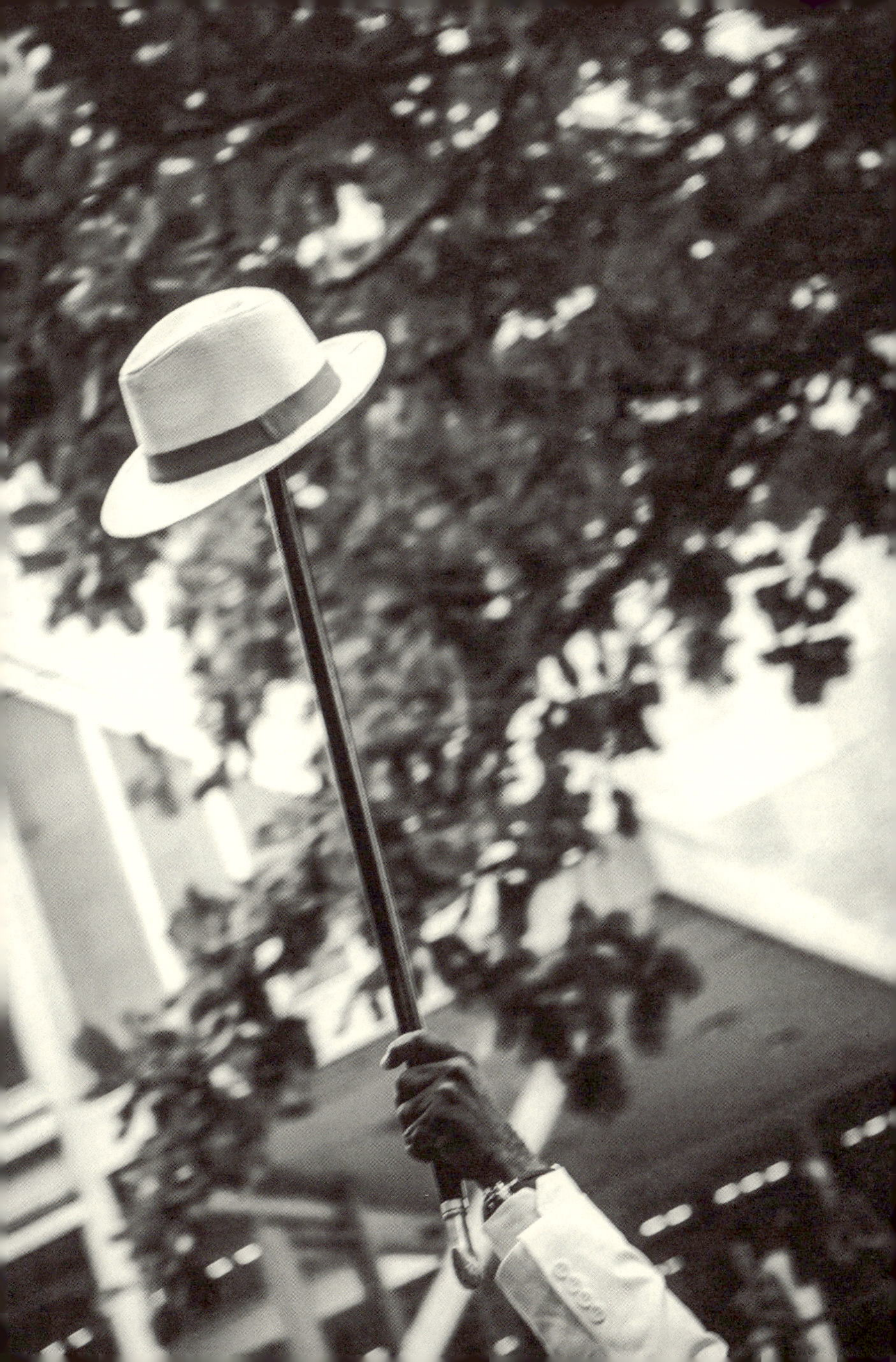

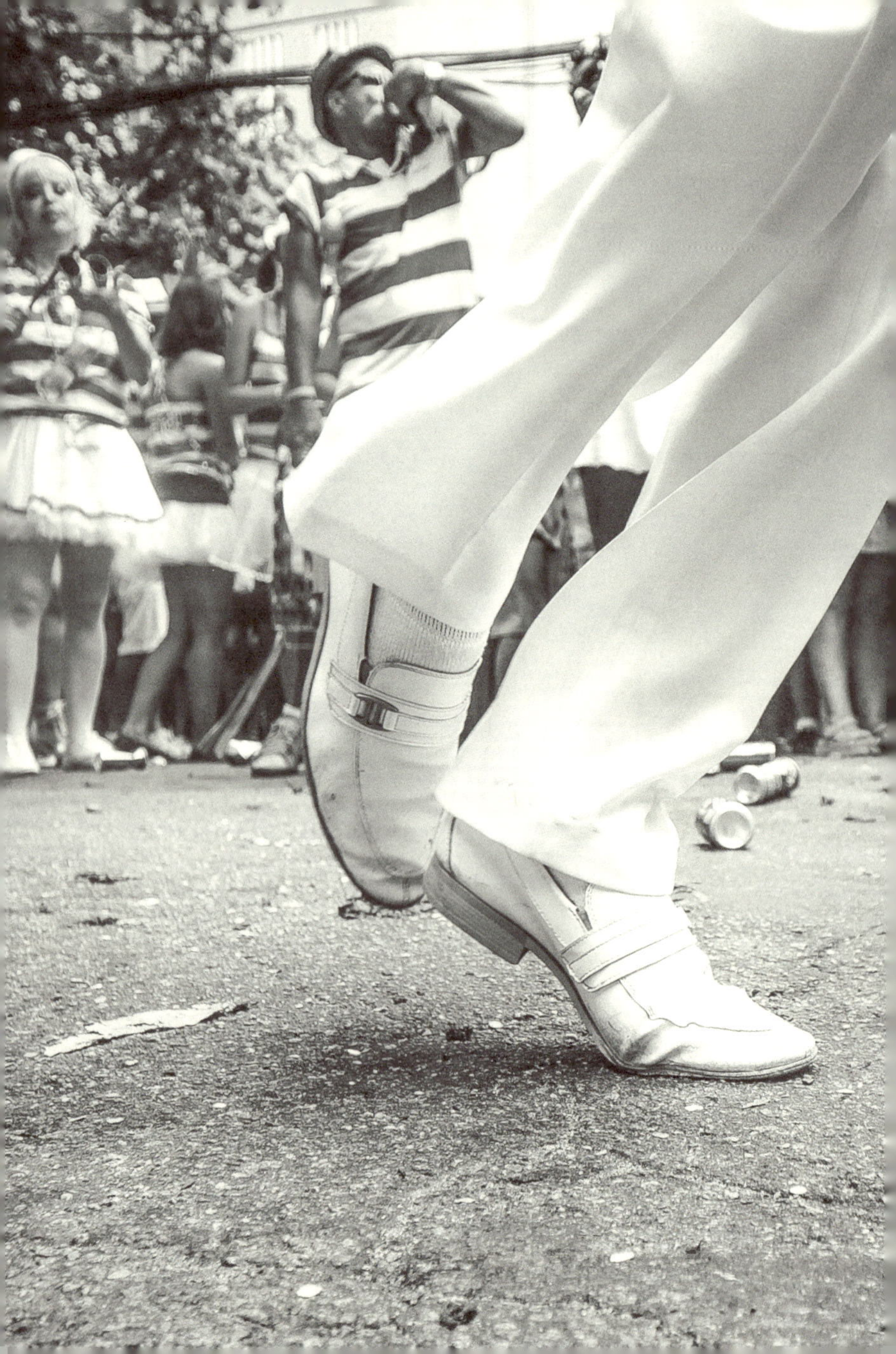

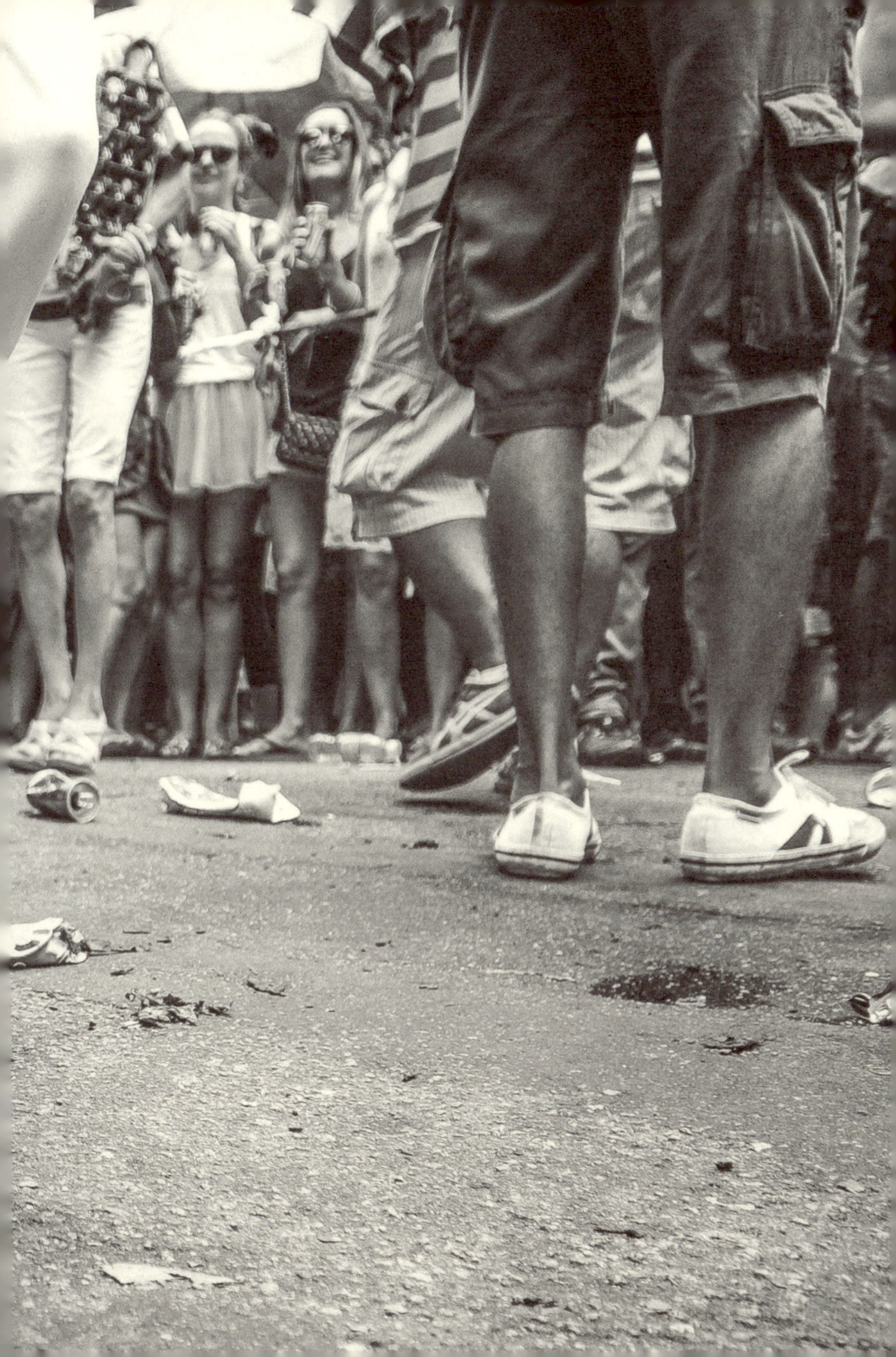

Sexta-Feira

Véspera de Carnaval, 8 da noite. Deitadão no sofá, Pasquale brincava com sua inseparável calculadora. Guga passou agitado e deu um tapinha no pé do amigo:

– Pasqua, viu aquela peruca verde?

Sem dar bola para a pergunta, Pasquale comentou sua descoberta:

– Guga, calculei um negócio aqui.

– Você e essa mania...

– A chance de eu engasgar e morrer, agora no jantar, é de 0,00041%.

– Ahn?

– É, olha aqui – disse, mostrando o visor da maquininha.

– Tá maluco? É véspera de Carnaval, rapá. Quero jantar o mulherio. Cadê minha peruca?

— Hmmm, mulherio... — resmungou Pasquale, franzindo a testa.

Digitou rapidamente na calculadora e lançou outro número.

— Olha só: a chance de a mulher da minha vida bater àquela porta é de... 0,000012%.

— Para com isso, Pasquale. Esquece a faculdade. É Carnaval.

— Que faculdade, nada. A vida é isso. Até o Carnaval é isso: uma questão de estatística.

Sem paciência para contra-argumentar, Guga foi ver se a peruca estava no quarto dos fundos. Pasquale sentiu uma certa fome. No instante em que decidiu não jantar, a campainha tocou.

Adriano De Luca

Sambanelar

Agenor Arrebalde tinha um problema crônico: incomodava-se com a ausência de sons. O silêncio evocava um zunido insuportável, a cabeça parecia girar, e logo vinham as náuseas e a escuridão nos olhos. Solucionou essa fobia de silêncio ainda na infância, quando aos oito anos ele percebeu que podia se entreter batucando os dedos (a qualquer momento, onde quer que fosse). Com o passar dos anos, o que era um simples tique para driblar um ataque de pânico transformou-se em maestria. Os dedos agora eram armas engatilhadas, frenéticas, ansiosas por disparar. Arrebalde as manipulava com absoluta precisão, de modo que suas dez batutas de carne e osso reproduziam chorinhos de

Pixinguinha, sambas de Cartola, bossas de Tom, enredos da Mangueira, pagodes de Zeca.

Pequenos e curtos shows particulares: tendo companhia no elevador, encostava-se num dos cantos e, com as mãos para trás do corpo, iniciava o baticundum na parede. Havia quem pudesse descobrir a música apenas no dedilhar. A percussão mágica de Agenor Arrebalde era capaz de emitir notas e acordes.

Na manhã seguinte ao seu casamento, percebeu que a novidade enroscada no anelar esquerdo cumpria um papel fundamental no patigundum; quebrava o som grave e abafado de pele e cartilagem, emitindo um agudo metálico que arredondava a harmonia. Sua esposa, no entanto, despachou uma lista de cuidados a serem tomados com a aliança, uma joia desenvolvida à base de ouro branco e sem o verniz prepotente dos ourives de luxo – isso queria dizer que bastava um toque mais intenso para marcá-la com um arranhão.

Toc tic tac tagundum tcháquidunbum. Breque.

Agenor Arrebalde conheceu precocemente a dor enlutada da viuvez. Sua esposa foi levada por uma doença congênita e voraz. O silêncio, fonte do seu sofrimento crônico, tornou-se ainda mais insuportável na ausência da mulher. Ele não tirou a aliança, decidiu mantê-la enquanto o amor resistisse no peito, ou até o dia em que não se recordasse mais do rosto dela. E deixou também de pé a promessa de não tirar o anel nem para tomar banho, como havia sugerido a esposa em seu discurso, tantos anos atrás, diante do padre. A lembrança daquela tarde estava mais viva do que nunca: a quadra da escola lotada, o presidente da agremiação autorizara a festa uma semana antes do último ensaio para o Carnaval. *Nem para tomar banho*, ela repetiu chorosa, arrancando sorrisos e aplausos dos convidados.

Aos 82 anos de idade, Agenor Arrebalde toma todos os dias seu café da manhã na padaria. Um francês na chapa bem passado, um pingado e um cigarro no bolso da camisa, que será aceso no caminho de volta. Seus dedos estão doloridos, atrofiados. Latejam ainda mais no inverno. A artrose avançou com rapidez e levou embora seu único reduto de paz. Se não pode batucar para se distrair, agora rabisca à beira da senilidade. Sentado ao balcão, coloca um guardanapo sobre a pedra e nele desenha o rosto de sua esposa, acrescentando detalhes como pintas e imaginando pequenas rugas nos cantos dos olhos, caso os dois houvessem envelhecido juntos. No papel respingado de café, a esposa continua viva. Chega em casa e abre uma pasta recheada de guardanapos; neles, a beleza e a mocidade em diferentes ângulos, com vários penteados e um único sorriso – o mesmo de sempre.

Hoje faríamos bodas de diamante, suspira para si mesmo. Após sessenta anos corridos, Agenor Arrebalde mantém na mão esquerda a aliança de ouro branco. Ela está escura, quase cinza-chumbo, inteiramente riscada, com dois grandes amassados e um sulco profundo. Antes da artrose, ele jamais deixou de batucar em paredes, mesas, copos, janelas e portas. Deixou de se preocupar com as marcas que foram surgindo no anel e deixou de poli-lo. Na verdade, simpatizou com os arranhões e, hoje, os aprecia sob as lentes dos óculos. Não se culpa, não se arrepende. São cicatrizes, prova de todos os sambas que ele compôs e cantou em nome do grande amor perdido.

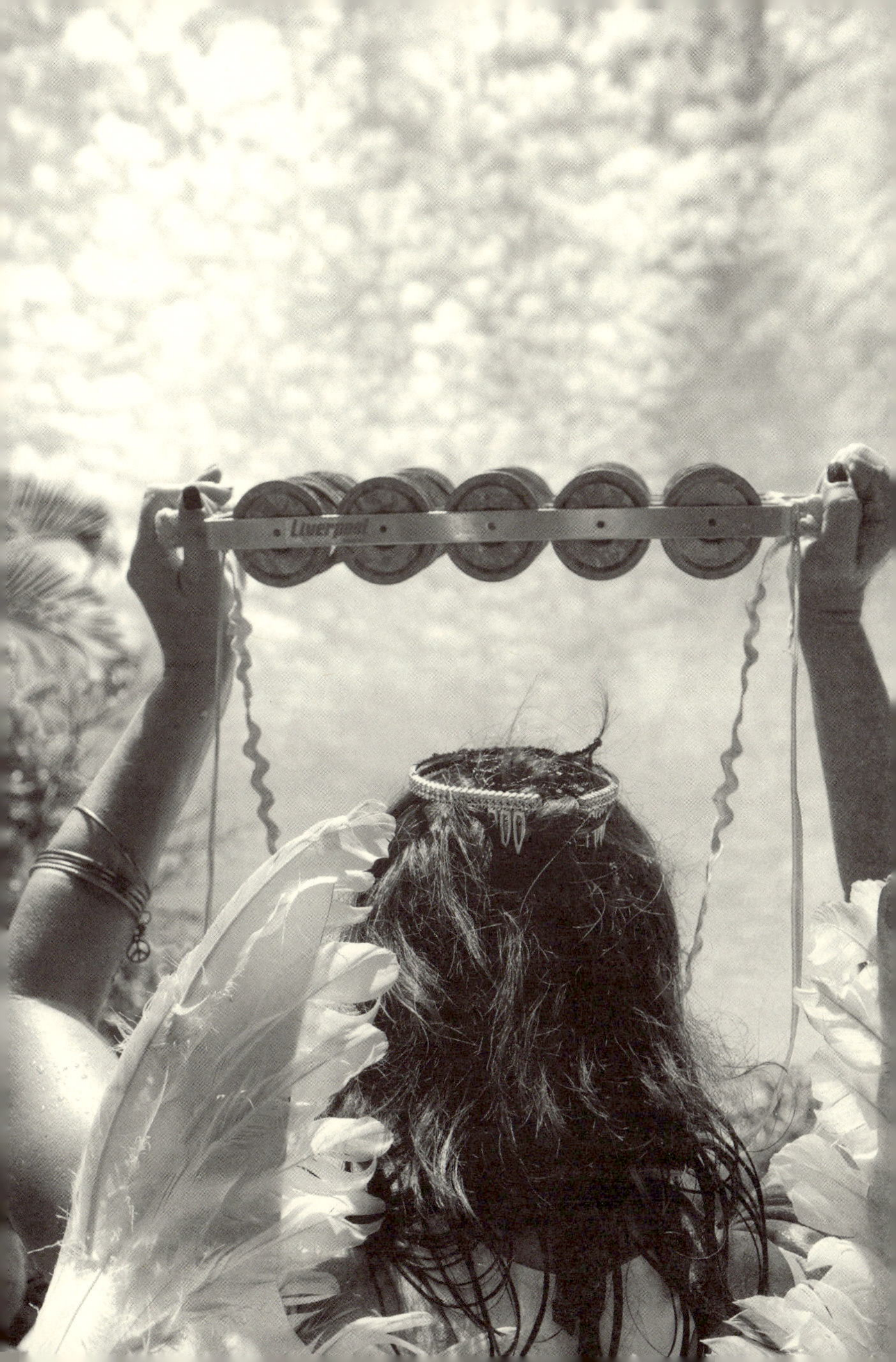
Liverpool

Luis Vassallo

Carnaout

uma homenagem a Campos de Carvalho

Aos dezenove anos, matei meu professor de samba. Ele ainda tentou saracotear qualquer coisa, mas meti-lhe umas boas tamancadas sem nem perder o ritmo. Mamãe desconfiou de crime passional, mas subi nas tamancas e aleguei legítima defesa, pois todo mundo sabe do perigo guardado na malemolência de um sambinha. No dia seguinte, me exilei no túmulo do samba, mesmo sem nunca ter estado em São Paulo, um lugar onde os corpos não trocam a cadência da rotina por outra qualquer. E tratei de comprar o silêncio dos pés trocando uma rasteirinha 38 por um coturno 33 – os dedos esmagando-se uns aos outros como dentes em uma mordaça.

Assim passei os dias que, de improviso, acumularam-se em anos e trouxeram uma harmonia que logo se agarrou às encostas mais íngremes do meu pensamento, pois a paz só afunda suas raízes em nosso espírito quando se vê diante da queda iminente. E foi na infinitude dessa paz de pés plantados e enterrados que cavoquei um amor de ocasião feito tubérculo adormecido. Trocamos as mais tórridas declarações de amor em cartas que nunca escrevemos. Buscamos as posições sexuais mais complexas e os prazeres mais recônditos em fantasias que nunca realizamos. Seu nome era Jorge e, quando dei por mim, uma casa já crescia à nossa volta. As paredes erguendo-se do chão sem cerimônia e, antes que eu pudesse protestar qualquer coisa, o teto já se havia fechado com a delicadeza com que os pássaros fazem seus ninhos. Apesar dos anos, conseguimos manter a chama da paixão acesa, ouvindo juntinhos a nossa música com frequência pontual, trazida pelo caminhão da *Ultragaz* todas as segundas-feiras de manhã.

Mas o amor requentado em fogo doméstico sempre pode virar cinzas em plena quarta-feira. Pois a minha deslembrança deu passagem para o samba quando o bloco invadiu a praça, em frente à nossa casa. Jorge dormia um sono pesado e seus roncos acumulavam-se no quarto no mesmo ritmo que as pessoas enchiam a praça. Corri para fechar as janelas e trancar as portas, mas era inútil, pois as fechaduras não guardam segredos para a música e, apesar dos meus esforços, o samba enredava-se pela casa, reverberando por todos os cômodos, e em pouco tempo estávamos cercados por aquela enxurrada de pessoas que já haviam tragado a praça e ameaçavam levar nosso silêncio cotidiano corredeira abaixo, e quanto mais barulho elas faziam, mais Jorge aferrava-se ao sono, e tentei esconder os meus ouvidos debaixo das almofadas do sofá, os pés – que já ensaiavam uns passinhos – dentro da imobilidade delicada da cristaleira, mas a multidão batia nas paredes com a vontade assustadora de quem toca surdo, e logo fizeram, das portas, tamborins, enquanto o repique dos vidros saltava das janelas que trepidavam feito pandeiros, e, quando as rachaduras que escalavam as paredes já ameaçavam alcançar o teto, corri para o quarto decidida a acordar Jorge de uma vez por todas, mas o canalha estava metido em uma fantasia de Bela Adormecida, entregue ao samba no maior descaramento, e expulsei-o de casa com socos e pontapés e palavrões e, quando ele se misturou às pessoas que cercavam a casa, a coisa esquentou de vez, pois aticei a chama da paixão que cozinhava o nosso amor em fogo baixo até que o botijão de gás explodisse, transformando a casa em uma chuva de destroços que caíram sobre a multidão feito confete.

Quando o fogo apagou, passei a viver sozinha no silêncio dos escombros da casa. Jorge iniciou a carreira de professor de samba e nunca mais voltou. Ainda assim, desconfio que o incêndio que consumiu o nosso lar não se apagou e que, em algum lugar, queima aquele maldito fogo que arde sem se ver. Armada com extintor e mangueira, procuro por ele debaixo de cada resto de tijolo, em meio a cada punhado de pó e cinzas. Quando me canso, sento em um canto qualquer da nossa ruína e, às vezes, me pego cantarolando a música do caminhão da *Ultragaz*, mas logo me levanto, pois sei que esse fogo, esse maldito fogo deve estar queimando em algum lugar.

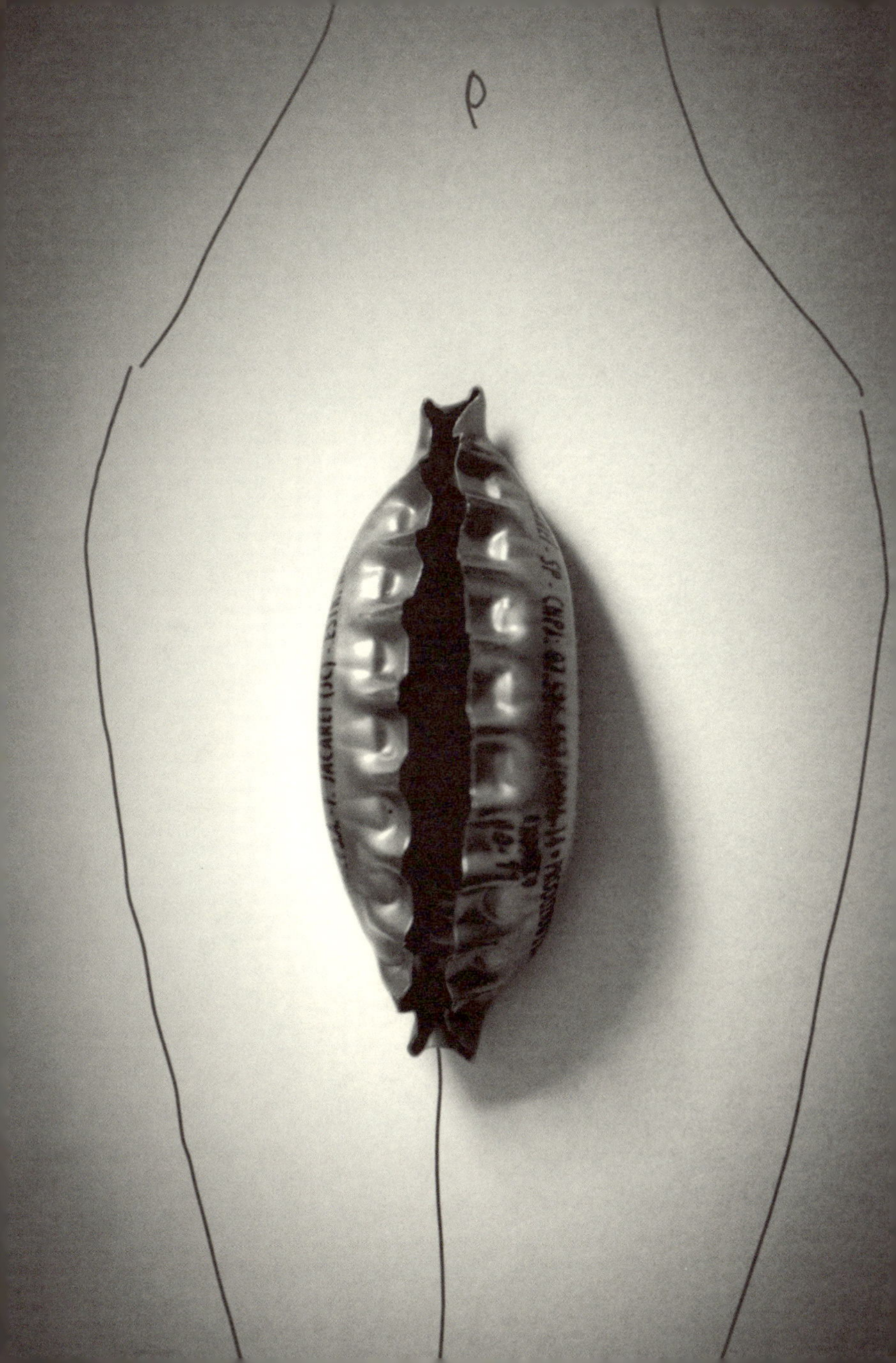

Raphael Guedes

A pirueta
dos infelizes

Clóvis sabia que, quando a primeira gotícula de suor escorresse pela careca do chefe, ele começaria a bufar. Sabia que ele iria apagar o cigarro, ziguezaguear pela repartição e gritar *Cadê essa porra?*. Que até fuçaria o lixo para encontrar o precário arsenal: dois clipes e um elástico. Iria em direção ao ventilador e mexeria nos botões enferrujados. Colocaria um clipe, o outro, por fim o elástico e conseguiria fazer funcionar o eletrodoméstico.

— Que morra a mãe do inventor dessa merda — balbuciou o improvisador, ao ver as pás começarem a girar.

Não satisfeito com a brisa, que começou a soprar preguiçosa feito marcha em quarta-feira de cinzas, o chefe pegou o primeiro papel que estava à sua frente para se abanar.

— Não! Esse não, Peixoto! — alertou Clóvis. — Trouxeram agora há pouco. Parece que o Coronel pediu para a gente olhar com carinho.

— E desde quando o Coronel fala "carinho"?

Ainda bufando, Peixoto levou o papel para sua escrivaninha. Acomodou-se na cadeira de couro rasgado e procurou espaço entre o caos de sua mesa. Enfim deu atenção para o documento timbrado do Ministério, com todos os carimbos necessários para cumprir o trajeto até ali.

— O Coronel disse quando quer nosso parecer? — perguntou.

— Não. Mas você conhece o Coronel. Daqui a pouco...

— O Coronel está gagá, Clóvis — interrompeu o superior.

Sempre mais comedido, Clóvis nem respondeu. Sua perna direita balançava inquieta, como se marcasse o compasso de um samba enredo acelerado. Rabiscava uns versos sem graça enquanto pensava no que dizer quando o telefone da sua mesa tocasse. Aguardou o chefe ler o documento um par de vezes e sentenciar:

— É letra de amor. Mais um desses sambinhas idiotas.

O subalterno incomodou-se com o parecer. Já havia lido a letra e elencado mentalmente alguns motivos para convencer o chefe a censurá-la. Colocou-se de pé e olhou para o carpete surrado, concatenando a melhor maneira de conseguir o que queria. Levantou a cabeça e usou o argumento que considerava mais forte.

— Peixoto, pode ser dele.

— Nada. Isso aqui é coisa boba — desdenhou o chefe —, vamos passar. Pode carimbar porque preciso ir. Tenho coisa melhor para fazer — afirmou, esticando o braço e oferecendo o documento ao funcionário.

— Peixoto, leia de novo. É pseudônimo. Ele é cheio de artimanhas, temos que nos precaver.

— Vai por mim. Essa aí não tem aquelas merdas que eles usam, como é mesmo?

— Metáforas?

— Isso. Não tem.

Como se fosse um chamado para estranhos bombeiros que apagam o fogo da paixão, o telefone tocou alto. Clóvis atendeu apressado, mas desligou sem dizer nenhuma palavra. Em seguida, olhou para o chefe, respirou fundo e foi em sua direção. Pediu licença, pegou o papel nas mãos e leu em voz alta.

— *Você me faz dar a pirueta dos infelizes*. Veja só: *Você me faz dar a pirueta dos infelizes*. O que é isso senão uma clara e desrespeitosa crítica ao Estado que, segundo ele, faz com que os *infelizes*, isto é, a população brasileira, tenham que dar voltas e mais voltas para conseguir seu dinheiro e sua comida? Tão ultrajante quanto "Apesar de você", Peixoto.

— E estes versos:

Deus me deu resiliência para esse suplício
Ver você ali com outro, num cruel bailar
Hoje eu grito e esbravejo, feito em um comício
Pra dizer quanto te amo e te resgatar.

— Isso, para mim, é o cúmulo do desrespeito à formação moral do nosso povo. É um atentado contra a segurança nacional e o regime representativo e democrático. Ele tem a pachorra de esbravejar sua intenção de tomar o poder. E chega ao absurdo de insinuar movimentos de ordem sexual. É dele, Peixoto. E é pior que "Roda viva". É dele.

Pelo franzir da testa do chefe, achou que finalmente conseguira plantar alguma dúvida. O telefone tocou mais uma vez. Clóvis o retirou do gancho e rapidamente tornou a desligá-lo, somente para que silenciasse. O chefe parecia estar indo para as cordas elásticas do ringue da razão. E ele não quis perder a chance de desferir o golpe de misericórdia:

— Sem falar que o Feijó, em abril, censurou nove. Duas, parece, eram do sujeito. Ganhou aumento, o desgraçado. O Coronel vai gostar de ver sua assinatura nesse papel.

— O Coronel nunca ouviu música popular. Só não gosta desse aí porque dizem que ele comeu a sobrinha dele.

— Peixoto, confia em mim. Eu sei que é dele.

Peixoto olhou as horas, pegou sua pasta e foi em direção à porta. Antes de sair, virou-se para Clóvis e deu seu parecer derradeiro.

— Quero mais é que o Coronel vire letra de marchinha. Por mim, tanto faz. Até quarta.

Após a porta bater com força, Clóvis sentou-se com um sorriso de canto de boca, daqueles de quem está orgulhoso de si próprio. Pegou o carimbo que trazia a palavra CENSURADO em alto relevo, molhou-o na trouxinha de tinta e bateu no documento com gosto. Sabia que logo o telefone tocaria novamente. Fez sua rubrica como quem rege um concerto e depositou o papel no escaninho correspondente. Quando o telefone soou alto, atendeu sem pressa.

— Alô. Oi, amor. Estava escrevendo uns versinhos para você. Sim, sim, poesia, amor. O quê? Ah, depois eu declamo pessoalmente. Já estou de saída. Agora? Tá, mas só um. Presta atenção. *Você me faz dar a pirueta dos infelizes...*

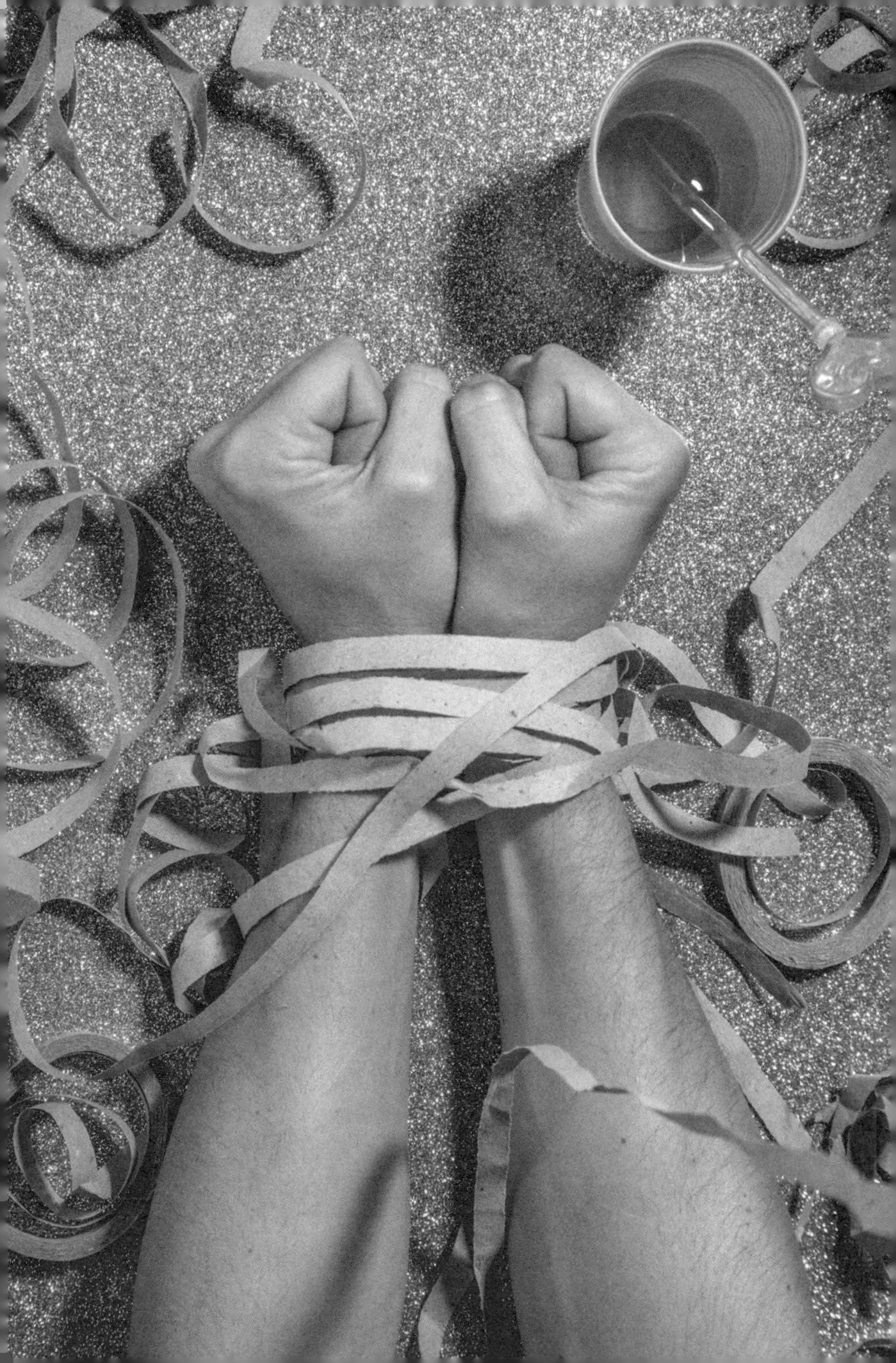

SÁBADO

O pessoal que organizava o bloco chamava aquilo de trio. Mas, na verdade, era a caminhonete do tio do Jonas, com uma bandinha e duas velhas caixas de som na caçamba. Jonas, que não tocava porra nenhuma, seguia ao lado, auxiliando os músicos. Seu tio fazia questão de dirigir. E dirigia muito mal. A cada acelerada, o tocador de cavaco balançava. Depois de uma delas, precisou de ajuda:

— Jonas, estourou uma corda. Pega outra lá na mochila da Neide.

— Que Neide?

— Que veio comigo. Ali, de paquita.

— Mas você não estava com a Darlene?

— A Neide é minha amiga. Corre lá pra pegar a corda.

— E a Darlene?

– Já parei de pegar.
– Mas ela é gata.
– Sei lá, desencanei. A corda, vai. Preciso tocar.
– Posso pegar então?
– Já pedi. Pega lá a corda, rápido.
– Não. Pegar a Darlene?
– Quê?
– A Darlene.
– Tá. Mas a corda primeiro.

Jonas não trouxe a corda do cavaco e só apareceu depois de alguns dias. *Jamais gostei de Carnaval*, finalmente confessou. Onze meses depois, casou-se com Darlene, comprou a caminhonete do tio e hoje plantam orgânicos em Miguel Pereira.

Eduardo Guimarães

Descer a Augusta

Hesitou. Achou que era uma bobagem estar ali. Um evento tão medíocre... Maria Helena nunca gostou desse tipo de evento e nunca teve vergonha de dizer o que pensava a esse respeito. Por que, então, estava ali? Era evidente que havia ou devia haver um bom motivo. Foi um convite carinhoso, delicado e pouco trivial, desses convites com que, ao recebê-los, nos sentimos únicos no mundo. Mas seria Maria Helena assim tão fácil, tão volúvel que, ao receber um convitinho um pouco mais educado, abandonasse suas convicções para se tornar uma pessoa agradável a outra pessoa? Não, claro que não. Ela não era assim, nunca foi suscetível a mudar o comportamento de uma vida porque houvesse se sensibilizado com uma propaganda de margarina. Ela não era dessas pessoas que endureciam seus corações apenas para se defender da imprevisibilidade do mundo e da possibilidade de um dia serem derrotadas. Mal sabiam essas pessoas que nosso maior medo não é do fracasso, e sim do sucesso. Mas ela não era assim. Tinha personalidade, tinha convicções, tinha princípios, tinha...

— Senhora, a senhora está bem? – perguntava um jovem de seus vinte e poucos anos que havia presenciado sua queda ao chão.

— Senhora, eu ajudo a senhora a se levantar. Aquelas pessoas passaram por aqui com tanta euforia e alvoroço que não notaram a senhora aqui parada. Deixa que eu ajudo a senhora.

Maria Helena ficou tão desnorteada com aquela queda que não conseguia manter um mínimo de discernimento para negar a ajuda de ninguém.

Depois de se levantar, Maria Helena notou que o jovem ficou desconfortável ao perceber o expressivo constrangimento em seu rosto. Temendo que aquela situação pudesse marcar negativamente seu dia, o jovem se despediu de Maria Helena e partiu.

Foi um sinal. Sim, foi um sinal. Maria Helena estava convicta de que aquele acidente era um sinal. E, como era uma mulher que não traía suas convicções, Maria Helena deu meia-volta e decidiu que o melhor era ir embora e...

– Maria Helena, Maria Helena! É você?

Olhou para os lados, olhou para trás, mas não conseguiu identificar de onde vinha aquela voz.

– Aqui em cima! Olha para cá!

De uma das janelas do terceiro andar de um prédio, uma mulher com um largo sorriso no rosto, na altura de seus quase cinquenta anos, acenava vigorosamente.

– Me espere aí embaixo! Estou descendo!

Maria Helena se sentiu traída. Depois de um sinal tão claro e tão evidente de que ela devia ir embora, eis que a sua presença foi reconhecida por aquela que deveria ignorar sua existência. Mas nem tudo estava perdido. Enquanto a porta de entrada do prédio não era aberta, Maria Helena podia dar continuidade ao seu projeto de exílio daquele inferno. Não seria a primeira vez que teria feito isso. Talvez sua anfitriã ficasse aborrecida, chateada, magoada, mas e daí? Maria Helena era uma mulher altiva, orgulhosa, de convicções, de...

— Maria Helena, sou eu, Simone! Há quanto tempo, minha querida amiga! Você tocou o interfone? Ele não funcionou? Aí você achou que eu não estava em casa? Puxa, devia ter ligado no meu celular. Que situação constrangedora, embaraçosa... – o pescoço de Maria Helena estava enlaçado pelos braços daquela mulher tão falante e emotiva.

— Me desculpe, minha amiga. Venha, vamos entrando.

Conduzida braço a braço, Maria Helena escutava com certa suspeita aquelas palavras que se mostravam tão amorosas. Um observador um pouquinho mais atento teria percebido a inquietação de Maria Helena, mas Simone estava longe de ser uma exímia leitora da linguagem corporal. Estava mais próxima de ser uma doadora universal de palavras, irradiando calor para quem precisasse e para quem não precisasse, não se importando com desperdícios. E era justamente essa falta de cálculo e de medida que deixava Maria Helena ainda mais desconfortável.

— Venha, Maria Helena. Você deve ter percebido que este prédio tem poucos andares, é um prédio antigo. Não tem elevador. Vamos subir de escada. A gente aproveita e faz um pouco de exercício, não é? Você nem precisa, é verdade, pois continua linda! Você sempre foi linda e inteligente, amiga. Sim, cansa um pouco, mas são apenas três andares. Precisamos subir as escadas para ver descer a Augusta. Gosto muito desses contrastes, você sabe disso: subir as escadas, descer a Augusta. Acho que os contrários não são tão distantes como imaginamos, sabe, Maria Helena? São eles que movimentam a nossa vida. Manter-se sempre idêntico e procurar sempre um espelho no rosto do outro é um atestado de morte. Você viu que na rua de trás tem uma loja de espelhos maravilhosa? Comprei alguns na semana passada para colocar em meu apartamento e obter a impressão de um espaço ampliado. Agora, o apartamento parece mais amplo do que realmente é.

Era preciso um pouco de esforço, mas nada que exigisse de Maria Helena algo além do que ela podia oferecer. Conheceria o apartamento, tomaria uma taça de vinho, permaneceria na companhia de Simone em torno de uns quarenta minutos, quando, então, mexeria no celular e diria que havia surgido um imprevisto, que seria preciso deixá-la. Diria que sentia muito, mas que agradecia o convite. Diria, também, que tinha vindo somente em consideração a Simone, pois, na verdade, nunca gostou de ver "descer a Augusta". Seria honesta, como sempre foi.

Na verdade, o que mais queria era que nem tivesse sido convidada, pois assim não seria preciso que...

— Maria Helena, seja bem-vinda! Este é o meu lar. Olha, se você não se importar, você pode tirar seu sapato e ficar descalça? Se incomodar, eu empresto para você uma sandália. É que trazemos nas solas de nossos calçados toda a imundície e a sujeira que vem da rua. E não estou falando somente da sujeira que pode ser lavada com água e sabão, mas também daquela sujeira mais sutil, dos miasmas espirituais. Os calçados também nos protegem desse tipo de sujeira. Mas não precisamos trazer essa sujeira para dentro de casa. Aqui, procuro deixar o piso sempre limpo. Aqui, é o meu templo. Aqui, é o meu refúgio. Vou até a cozinha pegar uma taça de vinho para nós duas. Fique à vontade para conhecer o apartamento. O banheiro é na primeira porta à direita.

O apartamento não tinha nada de habitual para Maria Helena. No aparelho de som, tocava o que parecia ser um mantra musicado. Havia pequenas esculturas de orixás e de divindades hindus nas estantes. Havia desenhos na parede feitos pela própria moradora, além de alguns sinos. Um incenso estava aceso e, ao que parecia, queimando já fazia alguns minutos. Em uma prateleira, livros sobre a umbanda, sobre o daime, sobre o budismo e sobre a ioga. Aquele ambiente era estranho, muito estranho para Maria Helena. Não devia estar ali, não devia. Mais uma vez percebeu que havia sido uma péssima ideia aceitar o convite para fazer aquela visita. Estava se sentindo cada vez mais desconfortável, beirando à angústia. Culpou a própria anfitriã por toda a inquietação que tomou conta de si mesma desde que se aproximou do inferno daquele prédio. Se o convite não tivesse sido feito, nada disso teria acontecido. Não, não era possível ficar nem para uma taça de vinho. Ela precisava ir embora. Ela precisava se afastar de tudo aquilo, ela precisava...

— Maria Helena, aqui está a sua taça de vinho. Vamos até a sacada ver descer a Augusta? Vamos, já começou!

— Simone, não, não! Simone, não! Você não entende! Não posso, tenho que ir embora. Nem você nem ninguém entende ou vai entender. Vocês nunca vão compreender a dor que estou sentindo. Pare de tentar ser tão afetuosa, tão amorosa, eu não preciso disso!

Maria Helena começou a falar de modo duro e, aos poucos, como se não tivesse qualquer domínio sobre si mesma, começou a alterar o tom de voz. Começou a falar alto, a gesticular, e começou a chorar.

— Ninguém vai preencher esse vazio que estou sentindo. Ninguém, Simone, ninguém! Sinto falta dela todos os dias, todos os dias! Eu sempre acordava em seus braços, mas quando foi ela que precisou de mim, eu não consegui. Ela escorregou pelas minhas mãos para nunca mais voltar. Eu fiz de tudo, de tudo, Simone! Tentei, tentei! Eu fiz massagem cardíaca, eu fiz respiração boca a boca, mas ela não voltava. Por que ela pulou se não sabia nadar? Por que ela fez isso? Ela queria alguma coisa que tinha caído? Por que não me pediu? Eu pulava, eu pegava, eu sei nadar! Mas ela pulou e eu não tive tempo, não tive.

O choro e as palavras explosivas foram acompanhados de soluços e de falta de ar. O ar que aspirava já não era suficiente e ela se sentia sufocada, o que a levou a se sentar no chão. Simone se agachou e abraçou Maria Helena, que chorava cada vez mais, ao mesmo tempo em que voltava a respirar com menos dificuldade. Simone, então, ajudou-a a se levantar.

— Maria Helena, venha ver descer a Augusta.

Maria Helena não conseguiu dizer não, não queria dizer não. Acompanhou Simone até a sacada. Já eram três da tarde, mas o sol ainda estava forte. Seus pensamentos estavam menos imperativos, menos exigentes. Conseguiu escutar, com um pouco de dificuldade ainda, o som que vinha da rua.

– *Noite dos mascarados*, Maria Helena. É do Chico.

Casais pulavam e cantavam, amigos abraçados e amados sorriam, pais ensinavam a seus filhos vestidos de super-heróis ou super-heroínas os primeiros passos de um bloco de carnaval, amantes se beijavam e se trocavam por outros beijos de novos amantes, crianças jogavam serpentina, dois jovens apaixonados abençoavam todos os peregrinos que desciam a Augusta, que deixavam suas mágoas rolarem em forma de alegria, que permitiam que as tristezas fossem cantadas para o alto. Todos desciam a Augusta. Não importava se no dia seguinte tudo voltaria a ser como antes. Todos desciam a Augusta. Alguns desciam pela última vez. Outros desciam pela primeira vez. Era a primeira vez que Maria Helena descia a Augusta.

Gabriel Pondé

Dançar quando todos marcham

O soldadinho de chumbo pediu para descer na frente do cemitério porque o trânsito não andava. Resistia ao calor com a rigidez que a farda exigia. Exceção feita ao quepe de espuma que carregava nas mãos. *Ninguém é de ferro*, riu comedido e sozinho com o trocadilho.

Em marcha pela Rua Itapiru, pensou na curta distância que separa o cemitério do Catumbi da Apoteose do Samba. Uma linha reta e breve entre o que está morto e o que é festa. O devaneio durou dois quarteirões. E achou graça outra vez, agora por não caminhar no sentido contrário.

Na Sapucaí, foi direto para a concentração, onde se viu perdido no meio de uma legião de super-heróis atarantados. Centenas de outras fantasias também batiam cabeça à espera de um comando. Atrás de um imenso castelo colorido sobre rodas, viu passarem dois praças. Seguiu seus iguais até juntar-se à sua ala, formada apenas por soldadinhos de chumbo e bailarinas. Saudou o pelotão. E sob o olhar repressor de um integrante da escola, vestiu finalmente o quepe.

Uma bailarina sorria elegantemente. O soldadinho de chumbo achou que era para ele. O agrupamento foi ganhando volume. Todos se apertavam em sentinela. O ar abafado anunciava chuva para qualquer momento.

Um corpo só. Vamo seguir geral junto, hein! Sem espaçar. Como se fosse todo mundo um corpo só. A escola não pode perder ponto, porra!, berrou o colérico diretor de harmonia. A paixão pelo Carnaval latejava nas veias saltadas daquele pescoço. O soldado não sairia de seu posto.

Alô, União da Ilha! Escola do meu coração e de vocês também. Cativa aí! Segura a marimba! Caraaaaamba. O grito de guerra colocou a tropa em prontidão.

O laiá laiá, então, desabou sobre a Sapucaí com o trovão percussivo que explodiu no peito e na boca do setor 1. Abriram a poderosa caixinha de música.

Era como se destampassem o que estava preso dentro de todos. O soldadinho de chumbo segurou o quepe que insistia em cair com o seu sacolejar displicente. Viu um praça perder a compostura e chorar de soluçar, com os braços para o céu.

Canta o samba! Vamo geral cantar o samba, caralho!, ouviu do diretor enquanto as fantasias se comprimiam na avenida, uma pasta colorida que derretia e avançava pelo asfalto.

O suor escorria pelo rosto e pelas mãos do soldado, únicas partes poupadas pela farda espessa. O uniforme espumoso naquela noite quente servia para lembrar o militar de suas funções. Era seu dever resistir ao incômodo. E sambar.

Hoje a Ilha vem brincar, amor, cantava o soldadinho de chumbo ao reconhecer a bailarina sorridente. Num gesto que desafiava a subordinação militar em favor da beleza, a bailarina espalhava-se leve pelo efêmero do palco. Como se a Marquês de Sapucaí abrisse um clarão em reverência ao suave domínio daquela mulher que dançava toda de branco. A solidão saía pelos poros dela. É o que o samba costuma fazer. O soldado assistia a tudo e desejava aquela falta de peso. Voltou a cantar os versos de pulmões abertos, fazendo força para expectorar a sua solidão. Todos agora vibravam num único corpo.

Olha o andamento, porra! Vamo sambar, soldado! Vamo lá! Cantando. Isso!

O soldado pensava na bailarina, outra vez desaparecida. Ameaçou ir atrás dela. *Vem no reino da ilusão, me dê a sua mão.* Mas reprimiu seus impulsos. A escola não pode perder pontos. Manteve a seriedade de seu posto. Com retidão e alegria.

A chuva, que já era uma realidade naquele momento, passou a cair com urgência. Pingos grossos que a fantasia de espuma primeiro absorveu, para depois, empapuçada, começar a descosturar nas bainhas. A farda dobrou de peso. O samba resistia. A costura na manga do uniforme, não.

A União da Ilha fazia um grande desfile. Impecável. Contra a tempestade, mas a favor do vento. A arquibancada empurrava a escola. Contagiante. O soldadinho de chumbo impregnou-se de novo daquela euforia libertária. Era permitido ser feliz. O Carnaval também era dele. Estavam chegando à Apoteose. Cadê a bailarina?

Ela acenou de longe. O soldado afrouxou a dança, num misto de celebração à vida e às intenções de sua musa. *Brinque com o que a vida lhe dá*, dizia o samba. E ele tentava esquecer a farda.

Não por muito tempo, porque a faixa branca colada ao peito desprendeu-se. Tinha que manter a fantasia. Lutava uma guerra particular contra a própria vestimenta. Impossível disfarçar que perdia a batalha.

O desfile chegava ao fim. O temporal engrossava sem dar sinais de trégua. O quepe desmanchou-se. O traje desmantelava-se. Sob os farrapos encharcados, começou a despontar o corpo. Primeiro os braços, em seguida os ombros, que balançavam sem o chumbo da fantasia. O tórax exposto respirou fundo um ar fresco. A pele gostava da chuva.

Desfeitos os adereços, realinharam-se os contornos que davam forma àquele homem de calvície desprotegida e traços assimétricos. Carlos. Sua fisionomia revelava o espanto e o alívio de um soldado que pede dispensa do quartel ao tomar consciência de que aquilo que se quer não cabe mais no uniforme. Com as imperfeições à mostra, Carlos parecia, enfim, permitir-se reconhecer que a falha no movimento também é dança. Porque agora o homem dançava. Louco, despido, fora do ritmo, fora de si. Dançava a sua própria música.

Mas ainda havia a bailarina. Na Praça da Apoteose, livrou-se de vez do que sobrou da farda. Ainda que talvez nunca se livrasse de todo. Carlos procurava por ela no meio da União da Ilha, que escoava inteira para fora da avenida. O castelo colorido sobre rodas resistiu à tempestade. O Carnaval sempre resiste.

Na confusão de fantasias e carros alegóricos, corria disposto a reescrever o fim trágico do conto de Andersen. Estavam afinal livres. Carlos e a bailarina, que a essa altura já deveria ter se transformado de volta em Olívia. Ou Luana. Podiam tudo o que o Carnaval ainda prometia.

Restos de adereços desfigurados entupiam os bueiros da rua. Fantasias mutiladas eram recolhidas por garis que não sambavam. Quase reconheceu o sorriso dela no de uma outra bailarina.

Mas, na dispersão, era tarde demais.

Cebolinha
Taxi Driver
Viagem hora marcada

TAXI 9507.9616

Luis Vassallo

O samba
e o silêncio

Para ouvir o samba é preciso desouvir o mundo. Devo ter visto essa fala na coleção de silêncios do pai, ainda na minha meninice, nos dias em que a mãe desabrochava-se em sorrisos pelo marido ser mestre de bateria: *Anda, moleque, que eles já vêm vindo*. E escapamos até a rua para ver o tal Bloco Bachiano que fazia sambas com os clássicos de Johann Sebastian Bach, ideia do pai. E achei bonito fantasiar o dentro da gente com um samba-concerto, casório de noiva tão erudita e noivo tão popular.

Mas quando o bloco dobrou a esquina, o prometido da espera se desfez feito purpurina: a multidão despovoada cabia no tempo de uma olhadela, pois naquela folia não havia sequer um folião e o bloco desaglomerado se resumia aos músicos da bateria, como se de seu corpo fosse tirado todo o corpo menos o coração, que batia laborioso na sua cadência de Carnaval. O pai vinha na frente, cheio de si, comandando não mais que meia dúzia de percussionistas apaixonados, uma cena que parecia saída de um filme mudo ou esquecido do áudio: cada músico tocava seu instrumento com elegância e entusiasmo e, no entanto, nenhum som saía daquela vigorosa bateção. Os passantes embasbacados imitavam a mudez do batuque, e dos cochichos que escapavam ouvi que ninguém ouvia nada. No lugar do samba bachiano do pai, escutava-se na avenida o tilintar indiferente das casas, a algazarra zombeteira dos pássaros.

Lembro da mãe furiosa me puxando pelo braço, ralhando com o pai depois, na mesa do jantar, com a passagem do bloco desacontecida. *Nem Bach, nem samba. Cadê a música de tantos ensaios?* O pai desinteressou-se do comer e engoliu as palavras ao resvalar um talher no copo, e um dó ecoou na casa como resposta.

Mas nada daquilo afetou os planos do pai, que se desimportou com o aparente fracasso e aferrou-se ainda mais ao ritmo incessante dos ensaios. A gente guardava compreensão ao ver seu olhar longe, o ouvido ocupado com a sinfonia de silêncios que abafava qualquer palavra nossa. Mas no dia a dia a casa era só eu e a mãe, que punha entendimento naquela ausência e dobrava o tempo na máquina de costura para ganhar o de se viver.

Então, uns meses depois, era época do meu aniversário. A mãe empenhou-se na festança, enchendo a mesa com as guloseimas preferidas do pai. Nem assim ele apareceu. Os familiares reunidos encheram a mãe de perguntas e ela tentava explicar a ausência falando do amor dele pelo samba, da teimosia dele por Bach. No final, já não sabia afirmar: o danado havia caído no samba ou se elevado com o samba? Mas, se faltou a presença, não faltou o presente, que ele deixou quase sem querer no meu quarto, um cavaquinho novo acompanhado por um bilhete: "Procura-se tocador de cavaco bem temperado".

Na época, não pus importância àquele desfazimento da presença ou das palavras faladas do pai. Talvez porque passasse boa parte do tempo na garagem, onde ele guardava os instrumentos, e lá descobri, em meio ao banquete dos cupins, um móvel com uma gaveta de sonhos. Dentro dela, abriam-se papéis miúdos das mais diversas procedências, guardando uma escrita apressada e eloquente: a coleção de silêncios do pai.

E ainda lembro de algumas das frases que li tentando decifrar sua música sem música. Faltando apenas alguns dias para o segundo Carnaval do bloco, encontrei na gaveta: "Quando o repique soa afiado, a tristeza vira faca cega".

No dia em que o bloco saiu, a mãe botou sua desconfiança na janela antes de descer. A impaciência dos seus dedos no batente previa o inevitável e, quando ela avistou o silêncio da percussão daquele ano, voltou para os seus afazeres, deixando-me só na contemplação da bateria muda. A cena se repetia: nenhum folião, nenhuma alegria, a não ser a felicidade escancarada dos músicos, curiosamente mais numerosos do que no ano anterior.

Naquela noite, as queixas da mãe desfiaram o seu refrão em uma melodia monocórdia. O pai, fiel ao seu silêncio, aguardou até a última nota antes de afundar no sofá, pensativo. A madrugada avançava, mas eu não dormia com o silêncio ensurdecedor do pai sozinho na sala.

Quando ele foi se deitar, corri para a gaveta e quase pude ouvir seus pensamentos: "O vai e vem do chocalho tem a dor de um coração indeciso".

Contudo, a reflexão do pai apagou-se com a noite e, na manhã seguinte, o samba alvoreceu novamente. Lembro-me dele saindo para os ensaios, da luz acesa e da mãe esperando até tarde. Lembro-me da ausência do pai doendo na gente e da frase revelada pela gaveta: "O recuo da bateria é a razão dando passagem para a paixão".

Enfim, a paciência da mãe esticou até romper-se, feito corda de violão, cansada do mesmo acorde. Sem aviso, ela juntou o que cabia na tristeza do juntar e partimos. Mal saímos, e ela, diante do meu inconformismo, confessou que desconfiava que o pai já sabia da nossa decisão. Saltei do carro de mau jeito e voltei correndo para encontrar na gaveta as palavras de despedida do pai: "O intervalo entre as batidas é como a distância entre as coisas. Só no silêncio, tudo pode ser o todo".

Nunca mais vi o pai. O tempo tratou de colocar outros enredos no samba incessante da vida, e a rotina estancou a presença de sua ausência. Pessoas entraram e saíram do nosso convívio como passantes em um desfile, e a imagem do pai permaneceu lá trás, esquecida, feito carro alegórico com defeito.

Um dia, um tio distante surgiu na porta de casa, trazendo algumas partituras e a notícia da morte do pai. Contou que ele ficou doente dos olhos e que passou um ano sem enxergar quase nada antes de morrer. *Foi um ano sem a alegria de comandar a bateria, um ano!* Mas as palavras do tio não doíam nem desdoíam na gente: a distância nos fez cegos não para a alegria, como o pai, mas para a tristeza. Trocadas as despedidas, já no sopé do degrauzinho, escorregando para a rua, o tio me entregou uma foto com as cores amassadas pela saudade: era o pai cercado pelos músicos. Seus olhos sem a alma da visão, sua expressão de felicidade quase irreal. Mas o que agarrava mesmo o meu olhar era o banquinho com um cavaquinho solitário.

A insônia despertada pela imagem só descansou quando comecei a tocar o velho cavaquinho que ganhei de aniversário. Com o tempo, o som do instrumento virou companhia dos pensamentos mais silenciosos, e ele passou a me seguir por toda parte. Contudo, algo não soava bem. Apesar da técnica, havia uma contrariedade entre a vontade dos dedos e o desejo do ouvido. Aos poucos, descobri que tocar é uma busca: a música procura a própria música e nós somos apenas o seu instrumento. E é preciso tempo para que ela extraia alguma música de nós: deixar que ela gire as tarraxas do nosso coração e afine as cordas da nossa alma.

Numa manhã fria – eu, distraído, sentado no meio-fio da calçada –, a música apanhou-me para fazer música, e o inesperado encontro aconteceu. Meus dedos corriam leves no cavaquinho e, como mágica, os acordes passaram a ressoar plenos de si. Olhei ao redor, imerso naquela emoção, mas o mundo seguia seu fluxo, indiferente. Apesar do samba, vi que as pessoas me olhavam com a expressão de estranhamento de quem nada ouvia. Apenas um rapaz arriscou sorrir para mim. Terminei de tocar e, para eles, era como se eu nem tivesse começado, a não ser para o rapaz, que desabou sobre mim como quem tropeça em um sonho: *Cara, vamos montar um bloco?*

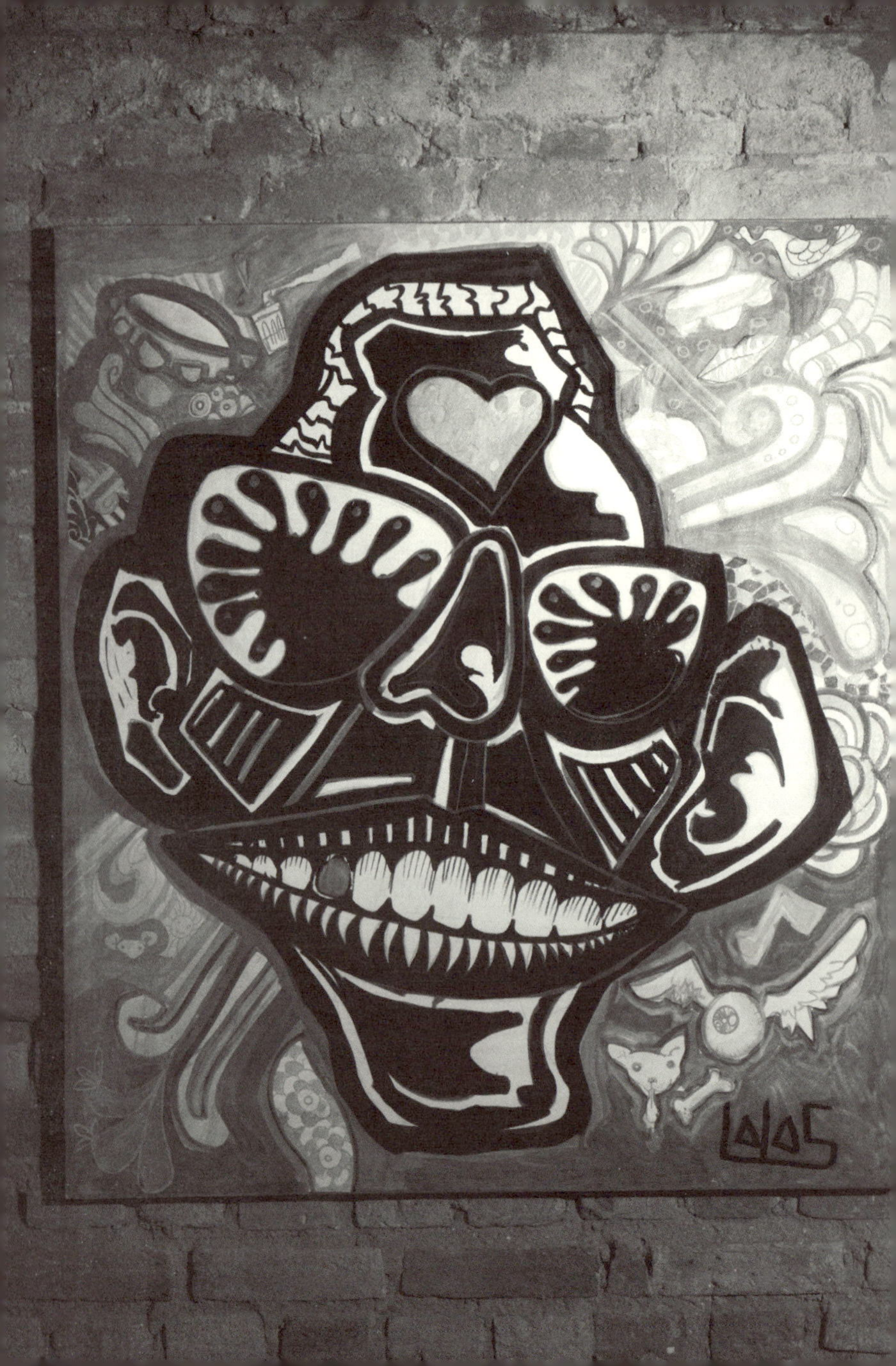

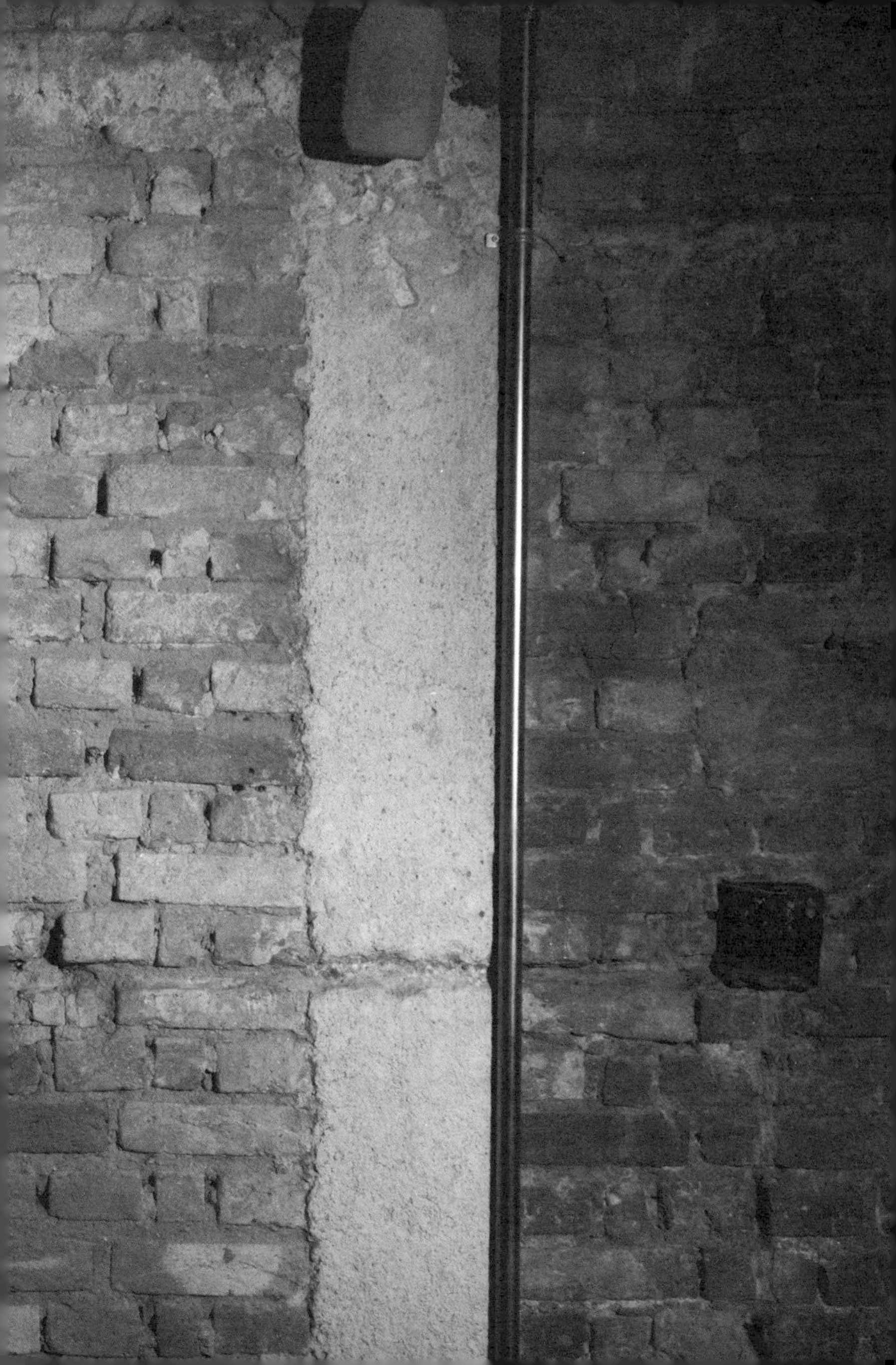

DOMINGO

A turma nem era tão unida. Tirando o Olavo e o João Carlos, que semanalmente se encontravam no futebol, o resto do pessoal se via apenas uma vez por ano. O importante era se reunir no domingo de Carnaval, para manter vivo o bloco fundado quando ainda estavam no colégio.

No fatídico ano, Olavo foi de *kilt*, meia arrastão, pele falsa de chinchila no pescoço e carregado na maquiagem. *Escocesa erótica*, explicou. Val, Soninha, Derlei e Francis não desistiam da fantasia coletiva. *Minions* tarados, desta vez. João Carlos chegou metido em uma enorme bola de isopor com um rosto garranchado na frente. Mal conseguia andar. "É o Wilson, do *Náufrago*, lembra?" Miguel apareceu em cima da hora, de calça comprida e camisa social branca fechada até o último botão. Sapatos e meias pretas, mesma cor do livro que carregava embaixo do braço.

– Porra, de pastor, Miguelito? – esbravejou Olavo.

– Não é fantasia, pessoal. Precisava avisar vocês.

— Virou pastor? Como assim? — Chegou quicando um assustado João Carlos. — Justo você, o maior pegador do bloco?

— Peguei tanto que só me restou essa saída.

— Inacreditável.

— João, na verdade vim pedir uma coisa, pelo senhor Jesus Cristo. Sei que o trajeto do bloco é tradicional, mas dá para vocês não passarem lá na rua da igreja?

— Era o que me faltava...

— É que não fui só eu que me converti.

— Como assim?

— A Regininha também. A gente se casou. Tenho medo que ela tenha uma recaída.

O bloco saiu. Em frente à igreja, os ritmistas tocaram como nunca haviam tocado. O puxador puxou os sambas como nunca havia puxado. Os foliões dançavam em êxtase. No exato momento da paradinha da bateria, as nuvens se abriram e um misterioso feixe de luz desceu dos céus, iluminando a igreja e a aparição que deixou todos incrédulos: Regininha saía para brincar o Carnaval.

Guilherme Figueira

A janela que abre alas

Ninguém sabe ao certo quando começou.

Na verdade, pouco importa.

É preciso perder-se no tempo para encontrar-se no Carnaval.

E naquele dia, que não se sabe qual,

o Carnaval, que é mãe de tantas tradições,

deu à luz mais uma.

Nasceu de forma espontânea,

sem gestação ou qualquer tipo de espera,

em um parto feito por piratas, bailarinas, marinheiros

e outros doutores de jalecos coloridos.

Nasceu no exato momento em que o Gigantes da Lira,

que desfilava alegre por uma rua de Laranjeiras,

subitamente parou.

Não havia sido combinado, ninguém tinha dado a ordem.

O bloco inteiro parou por vontade própria.

Parou para admirar a senhorinha de cabelos brancos feito algodão

que assistia a tudo da janela do terceiro andar do prédio número 65.

Foi amor à primeira vida,

porque, mesmo depois dos oitenta,

a vida é capaz de surpreender como se tivesse começado agora.

E se os olhares estavam congelados,

os instrumentos logo se derreteram em uma canção:

Meu coração
Não sei por quê
Bate feliz
Quando te vê

O cortejo transformou-se em serenata coletiva,

e o bloco inteiro declarava-se para a sua nova musa,

que colecionava décadas vividas e provas de amor recebidas,

mas nenhuma como aquela.

E feliz com o beijo assoprado que recebeu de volta,

o cordão seguiu seu rumo.

Veio o Carnaval seguinte,

e o cortejo do Gigantes da Lira mais uma vez saiu da pracinha da rua General Glicério,

tentando segurar a ansiedade para não chegar logo ao número 65.

Os foliões tentavam se distrair com as marchinhas,

mas, no fundo, viviam a expectativa típica dos apaixonados:

será que ela vai estar lá?

E lá estava Dona Elizabeth,

debruçada no parapeito da janela,

cheia de suspiros debruçados em seu peito.

Ah, se tu soubesses
Como eu sou tão carinhoso

E muito, muito que te quero
E como é sincero o meu amor
Eu sei que tu não fugirias mais de mim

Já não era um amor qualquer.

Era um amor de Carnaval.

Só não dá para dizer que Dona Elizabeth e o bloco assumiram um compromisso sério,

porque sério é um adjetivo sisudo e sem qualquer alegoria

e, por isso, descabido para um amor de Carnaval.

Mas não havia um único Carnaval

em que não se reencontrassem no mesmo lugar

e trocassem as mesmas juras:

o bloco jogava a sua canção da rua,

a senhorinha devolvia com um beijo no ar.

Até que em mais um ano, que ninguém sabe qual,

o Gigantes da Lira desfilou apressado até o número 65,

mas, desta vez, encontrou a janela fechada.

No meio do cordão,

correu a notícia que há anos se anunciava pelos

cachos brancos de Dona Elizabeth,
mas que os cachos de serpentina
nunca acreditavam que chegaria.
Os instantes seguintes foram marcados
por um silêncio estrondoso,
que só foi rompido quando
a banda soltou as notas que estavam presas
na garganta do cortejo.

Vem matar essa paixão
Que me devora o coração
E só assim então
Serei feliz
Bem feliz.

Quem estava lá jura que a janela se abriu.

Fabiana de Franceschi

Borboletas

Ela era Suzana Leite.

Apresentou-se a mim sem qualquer embaraço. Com impostação firme na voz, pronunciou seu nome como se fosse uma marca de sucesso. E, num tom típico de homens mais experientes e formais, sugeriu que, se porventura meu coração estivesse disponível, ela, Suzana Leite, concorreria à vaga com o maior prazer.

Surpresa, soltei um riso frouxo.

Ela piscou, ajeitou sua asa de borboleta e, uma vez mais, disse seu nome:

— Suzana Leite. Pode me procurar no *Facebook*.

Tascou-me um beijo molhado próximo ao nódulo da orelha e despediu-se, do alto dos seus vinte e poucos aninhos.

As das antigas, como eu, enxergam malícia em tudo. Sem dúvida, aquele galanteio era uma bobagem, não devia passar de uma brincadeira de Carnaval... Jamais poderia imaginar tamanha ousadia vinda de alguém tão jovem, e que fosse possível uma garota como ela reconhecer algo numa velha com mais do que o dobro da sua idade.

Divorciada havia pouco tempo, eu estava juntando os cacos e não tinha a menor intenção em atrair ou sentir-me atraída por quem quer que fosse. Tudo o que eu mais queria naquela fase da vida era me afogar em lágrimas, bem longe daquele prosaico baile de Carnaval do clube.

Mas, para não revelar minha total desilusão com o mundo, eu me vi obrigada a sair de casa pelo menos na última noite.

Acompanhada de uma dose de uísque, burilada ao meu prozac, cheguei ao salão completamente descontextualizada, a fim de tão somente observar os foliões daquele decadente baile de cidadezinha do interior. Sentia-me apta a realizar ali uma pesquisa de cunho ontológico para descobrir se a felicidade alheia existe ou se é uma reação passiva ao que vem de fora.

Suzana Leite, iluminada, ocupava todos os espaços vazios do recinto. Despreocupada, seminua, com as madeixas curtas e rosas, o resto do corpo molhado e grudado de confetes, exalava uma sensualidade exasperante de tão natural. Toda provocante e livre de qualquer censura, agachava, rebolava, mexia seu sexo e seus outros membros num ritmo mais frenético que o da música. Ora beijava um, ora beijava outra, para puro deleite e cobiça dos demais.

Rendida, abria os braços e as pernas para quem quisesse aproveitar-se da sua carne. Sua alma já estava entregue à libertinagem daquela derradeira noite, tirando vantagem da fragilidade alheia e destilando seu veneno na cara das mais pudicas como eu.

O desprendimento e a espontaneidade daquela garota eram contagiosos e perniciosos a uma mulher da minha natureza, com os canais de sentimentos entupidos, vazando ressentimentos. Sua leveza e autenticidade revelavam o quanto de vida perdi vivendo abnegada e acomodada.

Como eu queria ter degustado mais línguas, roçado meu sexo em outros, trepado a dois, a três, sido livre, despudorada e mais verdadeira comigo mesma...

O fato de ela ser jovem e do mesmo sexo balizou minha passagem do purgatório ao inferno. O que poderia ser repulsivo quanto à idade e ao gênero de Suzana Leite contou a seu favor. A brejeirice de menina do interior não camuflava a mulher determinada, segura de si e até sofisticada de tão arrojada que era ela.

Com um misto de medo, dúvida, inveja ou simplesmente um tesão inexplicável que subia volátil e quente do meu sexo até meus lábios, eu me deixei levar pela emoção. Fui até o salão, puxei aquele menina pela cintura, envolvi meu corpo no seu, prendi com força minhas pernas entre as suas. Na ausência de falo, meti minha língua trêmula em sua pequena boca macia. Eu a beijei com todo o meu ardor, minha raiva, meu ímpeto mais ardil, tresloucada.

Sufocada pela falta de ar, abri meus olhos, enquanto os dela, verdes e bem estalados, já encaravam os meus, marejados e vermelhos de tanto anseio.

Numa cena típica de *road movie*, com o Sol nascendo ao fundo, ela, com seu ar de superioridade, desprendeu-se de mim. Seguiu em direção aos seus pares, que a aguardavam numa kombi lá fora, lançou um olhar de solitude como uma flecha no meu peito e, em *slow motion*, sussurrou algo inaudível.

Tomada pela vergonha, soltei meus joelhos ao chão, arqueei minhas costas, pendi minha cabeça com força em direção ao meu peito e, com os braços cruzados e as mãos nos ombros, abracei-me à minha solidão. Queria voltar ao útero, fazer tudo diferente.

Sem tempo de processar tudo o que veio me açoitar, recordo-me de que soube, na quarta-feira de cinzas, sobre o acidente de carro envolvendo aqueles jovens. A vítima fatal era Suzana Leite.

Era estranho saber que agora ela estava morta, quando, até então, a morta era eu.

Eu tinha roubado os últimos instantes de vida daquele ser angelical como um vampiro. Ah, como queria estar envolta àquela atmosfera de possibilidades e permissividade... Suzana Leite me tirou do limbo com toda sua donzelice *avant-garde*, e eu não podia fazer nada para retribuir, apenas lamentar.

Embora o beijo fosse a consequência e não a causa do sentimento que passei a nutrir por ela, comecei a pesquisar todo tipo de informação a seu respeito. Não era a primeira vez que Suzana Leite morria. Ela já havia morrido logo que deixou de ser criança, primeiro ao revelar-se aos pais e, depois, à sociedade. Suzana Leite chamava-se Pedro.

Tudo aquilo serviu para que eu me desse conta do quanto era fraca, vazia e inescrupulosa. Percebi que a maturidade servia apenas de disfarce à minha identidade sem graça e perdida, que eu relutava em ver no espelho.

Nos anos seguintes, não perdi um baile de Carnaval sequer e, quando alguém perguntava meu nome, respondia: Suzana Leite.

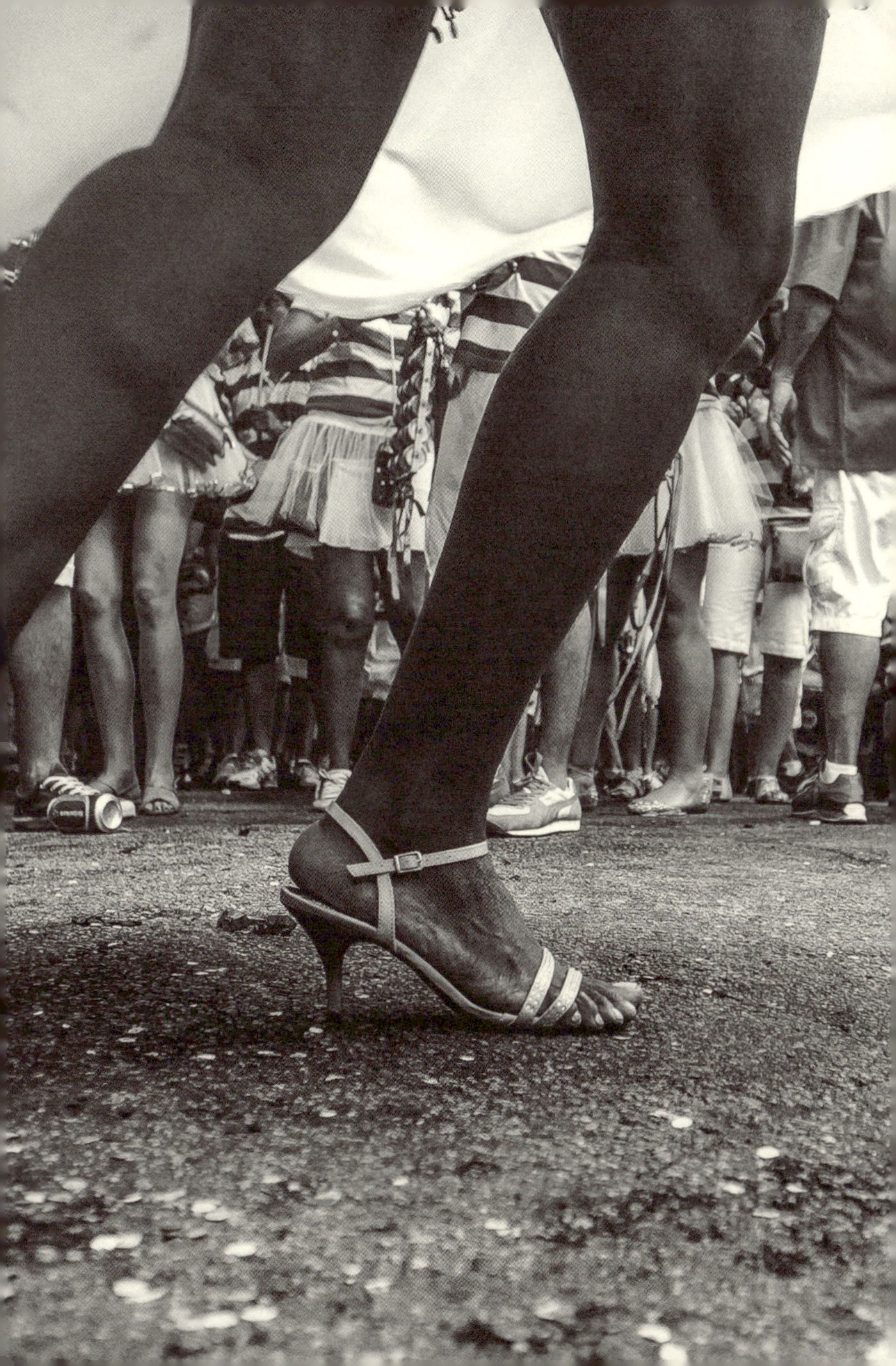

André Zamboni

Temporal

Da janela do ônibus vejo muita gente na rua. Mulheres seminuas usam o mesmo modelo de peruca brilhante verde e amarela e homens de musculatura bovina trazem o próprio estoque de cerveja barata em caixas de isopor.

O Carnaval sempre me pareceu tudo menos uma festa da diversidade.

O ônibus sobe a Paula Ferreira vagarosamente. Espero conseguir pegar o plantão de Carnaval do cursinho, que vai só até as cinco. O prédio fica do outro lado do morro, mas em vez de seguir pelo Largo da Matriz do Ó, o ônibus vira numa rua anterior. Pego minha bolsa e me levanto. O cobrador me lembra com tom óbvio que hoje tem bloco na rua e, por isso, ela está fechada. Acho mais prudente descer no próximo ponto do que arriscar ficar preso no trânsito do entorno. Logo que desço, um senhor de meia-idade com o abadá do Camarote Brahma vomita na sarjeta, enquanto dois colegas riem até desfalecer.

Se eu pudesse viajar no tempo, iria para daqui a duas semanas: o Carnaval teria acabado e as ruas estariam limpas.

Isso me faz lembrar meu tema favorito em Física: viagem no tempo. Apesar de tecnicamente inviáveis, viagens no tempo são teoricamente possíveis. Imagino os eventos que gostaria de visitar: voltaria até 1543, Nuremberg, e observaria a reação dos geocentristas diante do *De revolutionibus orbium coelestium* de Nicolau Copérnico; ou regressaria à 1907, em Zurique, para acompanhar Hermann Minkowski, matemático alemão professor de Einstein, elaborar o conceito de espaço-tempo em sua sala no Eidgenössische Polytechnikum; ou avançaria no tempo, *fast forward*, até o dia do fim da vida na Terra.

Não bastasse o calor venusiano, começa a garoar. A saliva felina arranha minha garganta. Entro no bar para comprar uma garrafa de água, mas só tem água quente – e com gás. Enquanto espero na fila do caixa, três amigas se abraçam e trocam juras de amor eterno. Gosto de pensar que esta será uma amizade fiel, prestativa, inabalável, e não só mais uma declaração etílica tão sólida quanto os cacos da garrafa de Bacardi no piso encardido decorado por rótulos de Cerpa, Crystal e Itaipava. Eu não sou bom nesse teatro social. Na maior parte do tempo, eu me sinto bem sozinho.

Saio suado do bar. Na rua, um casal beija-se como se estivesse numa luta do UFC. Simulo um desinteresse esnobe enquanto finjo procurar alguém na praça, e os observo de relance. Não é um casal bonito. Mas a loira de cabelos platinados tem tatuado no ombro *"All you need is love"*.

Entro na multidão pulsante na rua. Pretos sem camisa, brancos sem camisa, orientais com camisa esbarram em mim. Caixas de som posicionadas a esmo tecem uma colcha de retalhos musical de *funk*, samba, axé *music*, sertanejo universitário e marchinhas de Carnaval. O calor é tanto que nem a sombra da amoreira na calçada alivia a sensação de panela de pressão ao ar livre.

Como punição divina de um hipotético Olimpo carnavalesco, trombo com uma foliã e me molho todo com cerveja. Enquanto me recomponho, elaboro variadas formas de culpá-la pelo esbarrão, mas o impulso nervoso seca quando a vejo. Vejo o vestido roxo à altura das coxas e o *All Star* vermelho sem meias. Vejo as asas e as antenas de borboleta, feitas de arame e tecido, e o copo plástico de cerveja vazio. Vejo a pele de Nutella e o sorriso de dentes mínimos. Mas nada é tão urgente quanto os olhos castanhos, encarando ingenuamente as profundezas do meu ser, procurando algo num baú, como se esperasse algo importante, como se fôssemos as estrelas de um evento único no universo, em todas as realidades e tempos possíveis, em uma pausa no eterno e sensível passar-do-tempo. Um horizonte de eventos inteiro num olhar.

Ela me beija.

Sua mão direita segura o cabelo da minha nuca, enquanto a mão esquerda me despenteia. Ela puxa minha cabeça contra a dela e morde meu lábio inferior. Meu corpo finalmente sai do estupor e, numa reação semi-instintiva, eu a abraço forte, deixo a bolsa cair, e puxo-a para o meu peito, como se a salvasse da correnteza.

Ela termina com um selinho e limpa o batom da minha boca com o polegar.

A chuva desaba de vez.

Uma amiga a puxa pelo braço.

Ela sorri, por trás da asa de borboleta, antes de sumir na multidão.

Dezenas de pessoas correm para se proteger da chuva sob as marquises. O restante (a maior parte) fica onde está e parece ainda mais animado com o temporal.

Como um operado recuperando a consciência pós-anestesia, vejo no cinema da memória cenas aleatórias da minha vida. Entre *flashes* coloridos de um jogo de futsal em que eu não saí do banco na escolinha primária, e de uma *rave* em que me forcei a ir e fiquei bêbado e vomitei atrás dos banheiros químicos, e da menina que foi meu amor de infância e que me beijou nos fundos da padaria do meu avô num dia quente e abafado e que olhou direto para os meus olhos e para o meu ser com aqueles olhos pretos que foram embora para Brasília no mês seguinte, eu sinto a dor pulsar no meu lábio. O suor perfumado dela ainda está nas minhas mãos, mas a chuva o leva embora. Tento represá-lo, mas ele escorre por entre meus dedos.

Minha bolsa está no chão, aberta e encharcada. A apostila e o caderno, fora dela, mancham o asfalto com tinta escura, feito um polvo moribundo.

Doses de realidade passam por mim em *frames* em câmera lenta:

Um menino joga confete e serpentina no avô, que perde o fôlego de tanto rir.

Um homem de barba grisalha beija uma mulher, desengonçado, como se não fizesse isso há anos.

Um vira-lata marrom levanta da poça de água escura.

Deixo a bolsa, o caderno, a apostila e saio à procura dela.

Passo por músicos que guardam e cobrem apressados com plástico seus instrumentos e equipamentos musicais (pandeiro, viola, *cajón*, mesa e caixas de som).

Ela não está com eles.

Encontro com duas mulheres cuja maquiagem cinza e preta escorre dos olhos, enquanto pulam abraçadas.

Ela não está com elas.

Na entrada do minimercado, um rapaz bebe o último gole de tequila da garrafa enquanto os amigos o aplaudem.

Ela não está com eles.

Tenho medo de não encontrá-la. Eu devia tê-la segurado pelo braço, dito Fica aqui comigo. De onde você é? Qual seu telefone? Você tem namorado? Já namorou antes? Faz faculdade? Veio de ônibus? Tem alergia a gatos? Tem tatuagem? Se importa com futebol? E com religião? Tem medo de agulhas? Qual sua banda favorita?

Como você se chama?

Percorro toda a rua. O temporal cessa, e raios de sol afiados perfuram as nuvens limpas. Um arco-íris se forma no *spray* chuvoso em suspensão.

Apesar de sozinho, não me sinto solitário.

Se eu pudesse voltar no tempo, rebobinaria o tecido da existência às pressas, e ainda que ficasse meio amassado, eu conheceria cada desfecho, pois este seria um passado a acontecer, uma premonição às avessas.

O arco-íris fecharia seu leque colorido no céu.

Os raios de sol seriam engolidos pelos buracos nas nuvens.

A água da chuva no asfalto se aglomeraria em gotas cada vez maiores, que subiriam em volume crescente para as nuvens, tingindo-as de creme, cinza, grafite, até o preto.

Eu andaria de costas em meio à multidão.

O aplauso dos amigos no minimercado começaria intenso e terminaria apreensivo, enquanto o colega enchesse a garrafa com a tequila que sai de sua boca.

As duas amigas cairiam e subiriam do chão, e a maquiagem preta e cinza subiria pelas bochechas até secar e se separar em azul e verde e vermelho.

Os músicos descobririam seus equipamentos e tocariam o samba de trás para a frente (a mulher que foi embora retornaria para o malandro).

O vira-lata marrom entraria na poça escura e sairia dela branco.

O homem grisalho e a mulher desgrudariam suas bocas de modo ainda mais desengonçado.

O confete e a serpentina desgrudariam do rosto do avô (que reinspiraria o ar e recuperaria o fôlego), flutuariam (a serpentina enrolando-se em espiral) até se fecharem na mão do menino, que as guardaria de volta no saco de papel pardo.

O caderno e a apostila sugariam o sangue escuro do asfalto. A água com o cheiro dela voltaria por entre meus dedos e eu expiraria as moléculas doces de seu perfume de volta para a palma das minhas mãos.

Os foliões sairiam em marcha à ré debaixo das marquises, para se espremerem na rua e na praça.

A temperatura voltaria a subir.

E então, enquanto a chuva caísse pra cima, eu a veria surgir de costas na multidão (a mão da amiga empurrando-a pelo braço) e sua cabeça virar aos poucos para trás, ao ponto de ela me olhar por sobre a asa de borboleta, e após virar o rosto para a frente, a amiga a traria de volta para mim, de costas, como se quisesse fazer surpresa, e quando ela se virasse subiria uma última leva de chuva, feito o pano no início da peça teatral, e se tornaria garoa se descolando do rosto dela, ela se aproximaria, sujaria minha boca de batom com o polegar antes de me dar um selinho doloroso, cuja dor ela curaria com uma mordida, e então me beijaria de novo, e quanto mais ela me beijasse e arrumasse meu cabelo eu relaxaria o abraço, sua mão afastaria nossas cabeças com vigor, até sua boca descolar da minha, e, um ou dois passos retrocedidos, nosso olhar se encontraria de novo, e nesse momento eu pararia o tempo, congelaria a cena, como num filme, pois saberia que tem alguém olhando para mim.

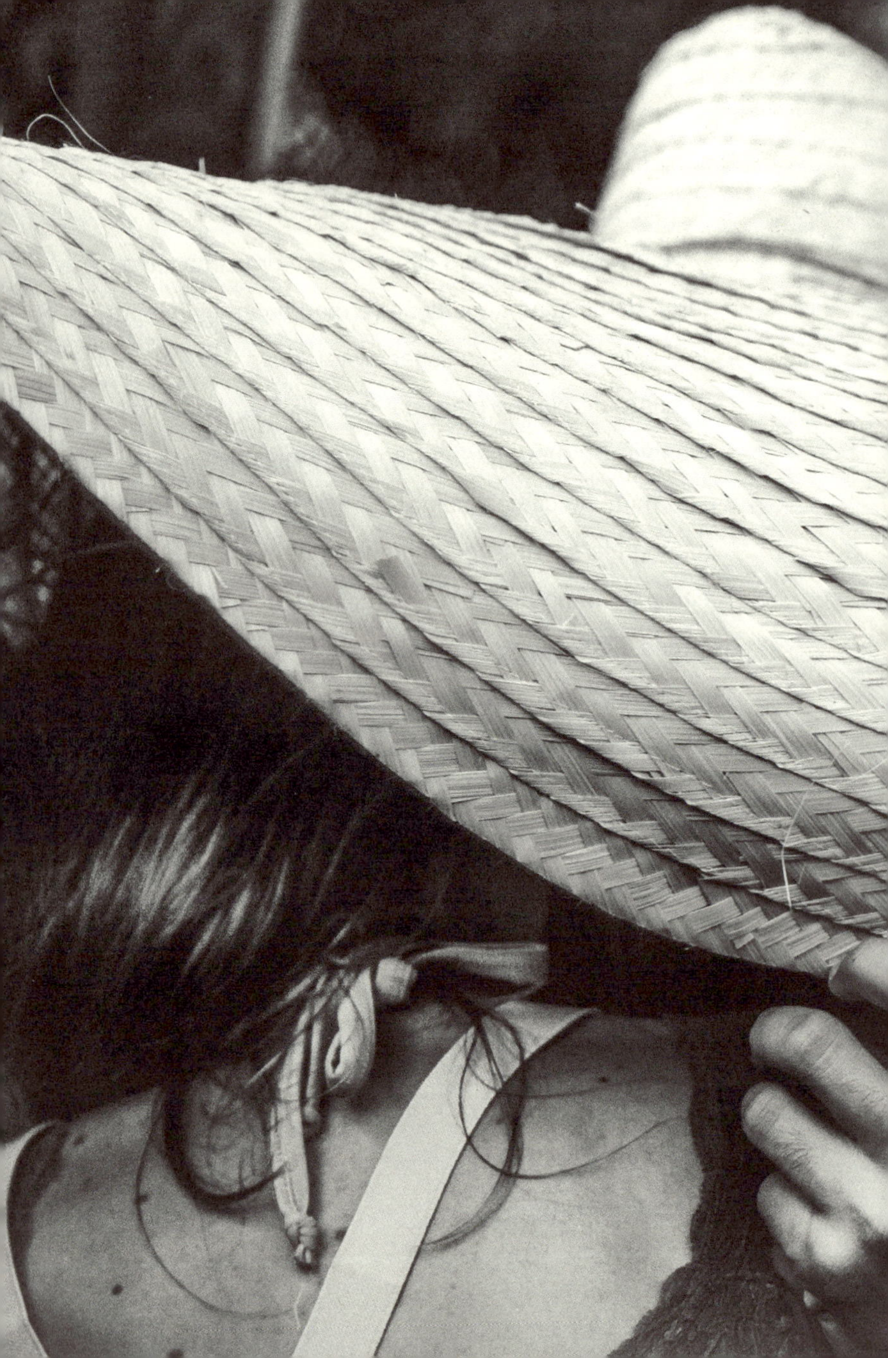

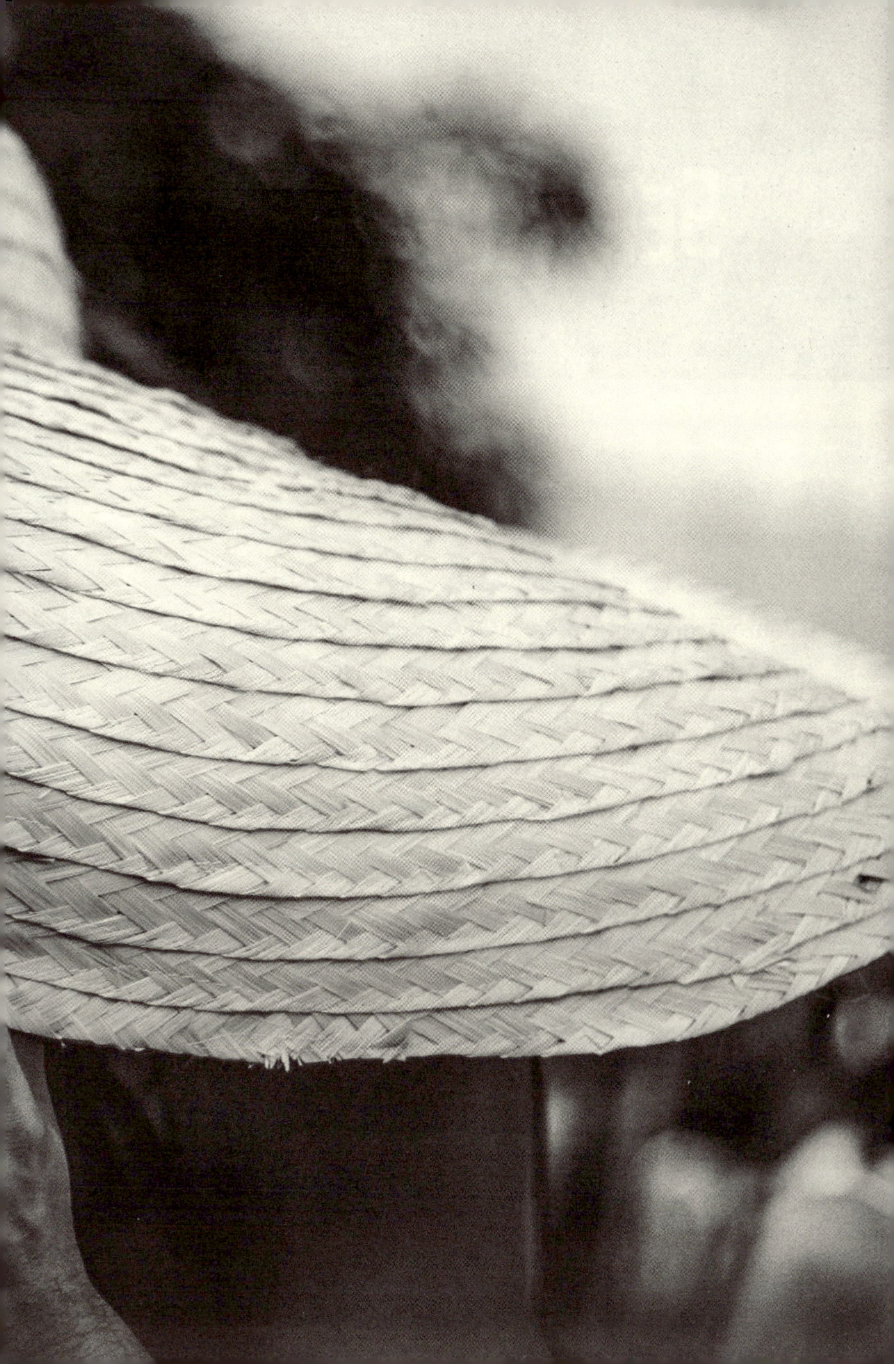

SEGUNDA-FEIRA

Enfim, no terceiro dia oficial de folia, ela fez uso da sua arma secreta.

O vestido branco deixava as pernas de fora. O decotão valorizava a comissão de frente e as sardas, espalhadas pelo colo como confete em salão de baile. A peruca loira chanel e a pintinha falsa em cima do canto da boca completavam o visual. Andava depressa para alcançar o bloco.

— Lady Gaga gostosa! — gritou um, de longe.

— É Marilyn Monroe, gato! — respondeu, toda simpática.

Alalaô para lá, mamãe-eu-quero para cá, e o primeiro mancebo se aproximou. Sem tirar o olho do decote caprichado, foi direto ao assunto.

— Eu passaria o Carnaval inteiro contando suas sardas.

— Pensa bem, porque são muitas.

— Não vou me incomodar em perder a conta.

— Ah, melhor trazer a calculadora amanhã.

Assoprou um beijo e voltou para a farra, tentando se aproximar da bateria. Duas marchinhas depois, outro marmanjo é atraído pela armadilha em forma de decote.

— Oi. Passaria o Carnaval inteiro contando suas sardas.

A gargalhada foi inevitável.

— Acredita que há cinco minutos um cara me falou exatamente isso?

— Mentira.

— Juro pela alma da Marilyn.

— Falou das sardas?

— Falou.

— Mas falou mesmo?

— Mesmo.

— Ah, então a gente conta junto.

Gustavo Vilela

A última fantasia

Seu nome? Qual o seu nome? Eu sabia a resposta, mas essa não era minha questão mais urgente. Eu precisava saber quem fazia a pergunta. Em meus olhos parecia haver uma neblina particular, enquanto sentia como se meu corpo fosse feito de lava, uma lava fria que se espalhava por uma superfície macia.

Rodrigo! Digo! A voz que fazia a pergunta também sabia a resposta. Eu estava em desvantagem. A neblina do olhar continuava, meus olhos iam se fechando, deixando duas barras horizontais negras encurralando o embaçado que era a vista, como um final de filme.

Meu nome era dito mais algumas vezes. A neblina dissipava-se. Não sabia quanto tempo havia se passado e se ele ainda podia ser medido. Eu ainda era lava, mas já podia ver à minha frente um corpo de caveira preenchido por escuridão e com um coração vermelho, um coração que ficava na frente das costelas. Já não havia mais neblina e conseguia ver um rosto, que era parte osso, parte carne e osso, tudo misturado, borrado como antes era meu campo de visão. Tentei dizer algo, a voz não saía, parecia também ter virado lava, o som era onda disforme, não fazia nada além de barulho suave. O rosto devastado ou em construção aproximou-se, reconheci algo de familiar na caveira. Tinha a certeza de que tudo aquilo não era sobrenatural, mas também tinha certeza de que não era natural. Tudo me parecia um meio do caminho entre a realidade e a fantasia. No fundo, eu sentia um ambiente confortável, apesar de tudo; logo, usei a concentração que ainda era capaz de ter para conseguir descobrir de onde eu conhecia a caveira de rosto borrado e coração na frente das costelas.

Meu esforço foi recompensado, comecei a me sentir novamente sendo reagrupado em mim mesmo quando situei três coisas ao mesmo tempo. Lembrei quem era a caveira, de onde a conhecia, e um motivo que ligava tudo isso: lembrei que estava no Carnaval. Pude fechar novamente os olhos para ir até um outro Carnaval, onde as coisas começavam a fazer sentido.

Quando tinha nove anos, morava em uma rua sem saída no subúrbio do Rio de Janeiro. Desde que aprendi a ler, adorava observar a placa "Rua Sem Saída" na esquina. Parecia que ali era o meu lugar para sempre e eu gostava dessa ideia.

Naquela época, tudo que eu queria era ter treze, pois eram os adolescentes dessa idade que mais me impressionavam. Pareciam gozar do máximo da liberdade e de conhecimento que se precisava para viver. Eles eram os donos da rua. Dentre esses garotos, havia um que me impressionava mais. Felipe tinha uma presença diferente, parecia ser dono de tudo que tocava, a cada passo que dava parecia ser uma bandeira fincada em um território que agora lhe pertencia. Desbravava todas as possibilidades daquela rua, fosse correndo, fosse com seu skate, fosse com suas bombinhas explodindo coisas. Os outros garotos de treze anos sempre usavam a mim e a meus amigos, mais novos, como cobaias para suas maldades. O Felipe nos defendia, mesmo sem chegar a parecer querer nossa amizade. Isso me deixava ainda mais curioso por ele.

No Carnaval, quando todas as crianças da rua viravam outras coisas graças às fantasias, eu me lembro de ser o Homem-Aranha brincando na praça, quando começo a escutar um estrondo contínuo, uma horda de bolas de plástico atingindo o chão de maneira que faziam os confetes caírem ao contrário, do chão para o céu. Como havia acontecido nos anos anteriores, era o sinal de que os meninos mais velhos, novamente, tinham se tornado bate-bolas. Tradição nos subúrbios cariocas, a fantasia bate-bola consistia em uma espécie de roupa de palhaço colorida, máscara tramada como a de um esgrimista, porém com pintura assustadora, e o principal: uma bola de plástico amarrada por um barbante. Aquela marcha desordenada de cores, bolas e máscaras sinistras vinha em direção a nós, mais novos, para nos assustar. Eu queria ter treze anos para ser bate-bola, mas, naquela época, só podia ter medo. Essa era a única época do ano em que Felipe não nos defendia, era mais um com a intenção de causar pavor nos menores. Reconhecia ele pelos tênis de futebol de salão rabiscados com nomes de banda com caneta *Bic*. Mais uma vez, eu estava cercado pelo bater de bolas, meu medo era tanto que não conseguia correr para casa, como alguns dos meus amigos. Talvez pelo fato de o meu medo ser misturado a um fascínio tão grande quanto. Depois de algum tempo, eles trocavam a atenção para outra criança e eu encontrava uma brecha para correr para casa, apavorado demais para alguém que achava ser o Homem-Aranha.

Nos dias seguintes de Carnaval, ainda Homem-Aranha, eu morria de medo de sair para a rua, mas também não conseguia ficar longe desse medo. O ritual repetia-se todos os dias. Meu pavor, meu fascínio, minha corrida desesperada para casa com uma adrenalina inexplicável. Reconhecia o Felipe todos os dias e sabia que, ao final do feriado, ele conseguiria sair daquele casulo macabro que era a fantasia e tudo voltaria ao normal. Calculava, na época, que dez anos era a idade para poder ser um bate-bola. Atingindo a idade de dois dígitos, eu seria parte da turma.

Foi um pouco antes do Carnaval seguinte que eu soube que o Felipe havia se mudado. Eu me senti traído pela rua que se dizia sem saída. Como ela pôde deixar seu morador mais especial escapar? Nesse Carnaval, ganhei minha primeira fantasia de bate-bola. Meu prazer não era o de assustar, mas apenas de não fazer mais parte do grupo dos assustados. Mas não havia mais o mestre ao qual eu queria impressionar. Fui um bate-bola zumbi, sem muita energia, apenas imaginando como seria se o Felipe estivesse ali e pudesse me reconhecer pelos meus tênis.

Passaram-se os anos e eu também me mudei. Mudei de bairro e mudei de idade algumas vezes. Mesmo aos vinte e três anos, sentia que jamais havia conhecido a liberdade que aprendi a admirar no Felipe adolescente. Eu não era mais um bate-bola, mas continuava a vestir uma fantasia incômoda que estava sempre presa ao meu corpo. Nos carnavais que se passaram desde a minha adolescência, meu medo de bate-bolas foi substituído pelo meu medo de garotas. Não especificamente por causa delas, mas pela pressão que meus amigos colocavam para que eu fosse, como um bate-bola, para cima delas. Eu era novamente um bate-bola zumbi, pois elas não me interessavam. Nunca me interessaram. Mas eu tinha pavor de revelar isso. Voltava a ter nove anos a cada ano que se passava. Continuava com medo e fascínio por meus desejos mais íntimos. Deixei de gostar do Carnaval por anos.

Mas esse seria diferente. Sem que ninguém soubesse, resolvi ir, pela primeira vez, de encontro ao medo, ir sozinho a um baile de Carnaval. Comprei uma fantasia, meio sem perceber, que parecia fazer coro ao meu medo. Eu era o personagem *Wally*, do famoso livro. Era meu último esconderijo. No baile, fiquei encantado como quando tinha nove anos, observando a liberdade daqueles tantos que não estavam nem aí para nada. Eu queria fazer parte e queria ser invisível ao mesmo tempo. Não podendo ser totalmente invisível para os outros, decidi ficar invisível para mim. Bebi, bebi como nunca, misturei tudo o que podia e o que não devia. Ao tentar fazer minha mente ganhar coragem, o meu corpo não resistiu. Meus olhos fecharam-se sem o meu comando e o chão me tragou.

Meus olhos abriam-se novamente. Meu corpo já não era mais lava. A caveira, agora, já tinha rosto completo, apenas com alguns traços da antiga pintura que formava o borrão. Ainda via o coração bordado à frente das costelas, em uma bela roupa de caveira, aquela consagrada pelo baixista do *The Who* e depois pelo baixista do *Red Hot*. A diferença era o coração bordado e agora, como eu podia reparar, um jaleco branco. Entendi que estava em um hospital. A caveira, eu tinha certeza, era o Felipe. Mesmo com o passar dos anos, seu olhar ainda era o mesmo. Ele sorriu, e eu sorri de volta.

O Felipe me contou, mais tarde, que estava no mesmo baile que eu, que havia visto um *Wally* desmaiado e foi ajudar. Ele era agora estudante de Medicina e levou-me para um hospital próximo, onde fazia residência. O dia estava amanhecendo, tomamos café sentados no meio-fio em frente ao hospital, relembrando todas as histórias daquela rua sem saída. Pela primeira vez, contei tudo o que me levou até aquele desmaio. Foi fácil falar, parecia que eu queria contar tudo para ele antes de eu mesmo saber das coisas. O Felipe era como eu, mas com muito mais coragem. Ele me achou, me ouviu e me encorajou.

Ainda era só o começo do meu primeiro Carnaval sem fantasia.

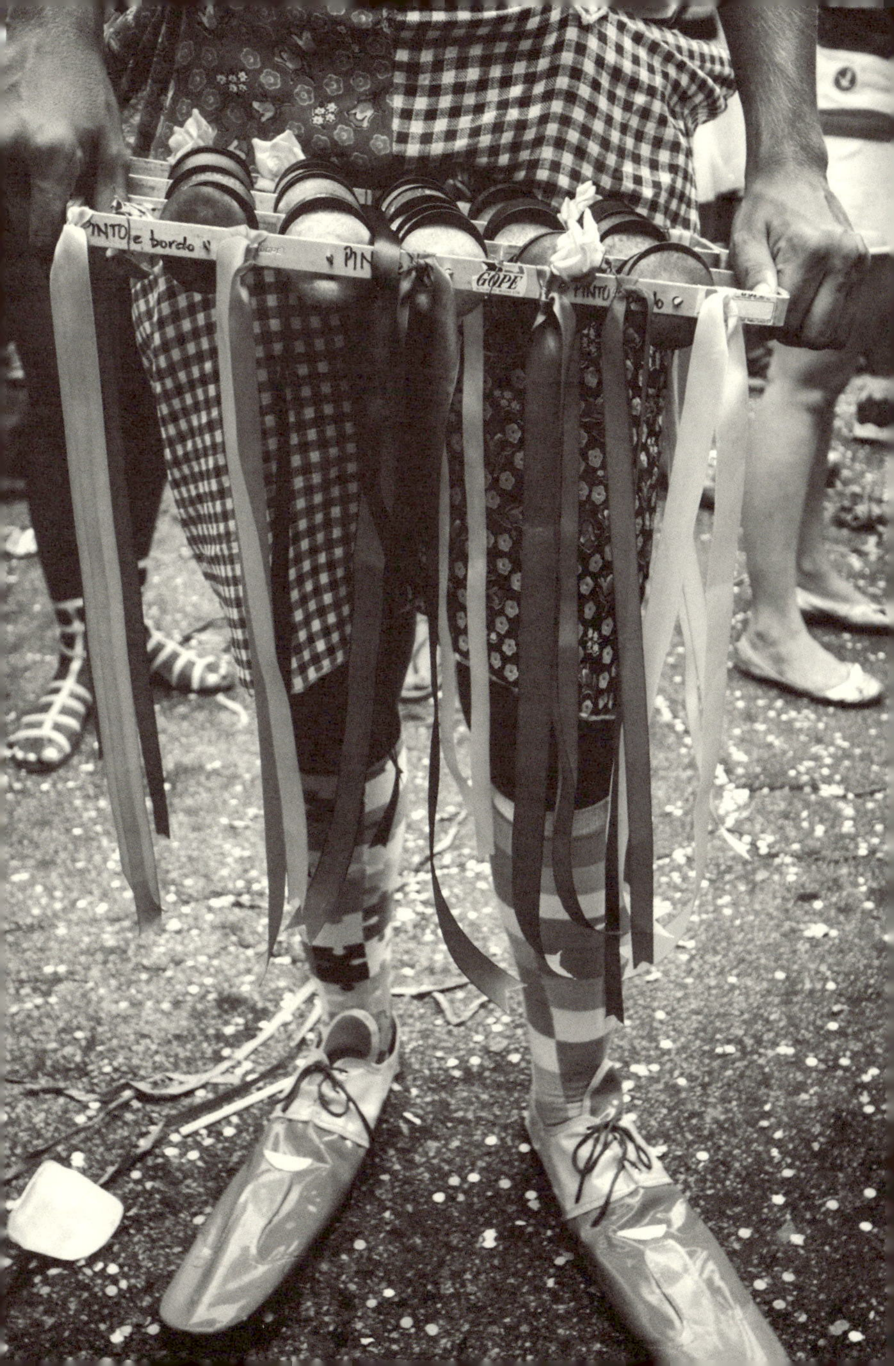
PINTO e bordo
GOPE

Fernanda Machado

Paralelepípedo

Com as purpurinas molhadas de lágrimas, o rosto brilhava mais. Era segunda de Carnaval e não havia alalaô que a consolasse. As ruas cheias, as fantasias suadas, as calçadas, os sorrisos tortos, a cerveja quente, tudo era insulto para ela que sempre amou o Carnaval. O coração não seguia a marchinha. Não se importava por ser o penúltimo dia, que depois só no ano que vem. No meio do bloco, amigas circulavam como abelhas no *não fica assim*, atraídas pelo sofrimento. Consolar amiga dá até um certo prazer. Ser útil na amizade. Daquelas vozes bêbadas e ansiosas saíam zunidos, misturados com os tambores da banda que embaçava e voltava ao normal, dependendo da quantidade de lágrima expelida. A banda ia cantando todos aqueles carnavais compartilhados que ela queria esquecer. Amigas com um olho no consolo e outro no zanzar. Teve raiva de tudo aquilo. Achou o Carnaval uma grande besteira. Pensou no Natal. Ter que ser feliz, sorrir para as pessoas distantes, dois beijinhos e lembranças para a família. Não queria estar lá. Não queria nem estar. Chegou a hora de descer a ladeira. E na descida, não tem tempo para o afago, a multidão te leva, afunilada. Ladeira, para ela, era um nome muito triste. Sempre foi. Fechou os olhos e deixou sua dor ser levada na pirambeira, prensada por todos os lados, esmagada, torcendo para aquela coisa toda que estava sentindo escapar com tanto aperto. Se tivesse lança, cheirava. Se tivesse pinga, tomava. E nem todo o tule do vestido a transformava. Queria trocar de personalidade com a sua fantasia, ser leve, bailarina. *Mas é Carnaval...* – escutava. No meio da procissão, inclinou a cabeça para trás. Sentiu um peito masculino, parede nua, boa para encostar e chorar. Aproveitou o ângulo da descida para aconchegar-se no arrimo emprestado. No embalo da música foi virando a cabeça até que toda a lateral do seu rosto acomodou-se naquela pele.

Um ouvido no coração abafou um pouco a música, harmonizou o sentimento. Doeu menos. Desceram os dois. Ela escorada e o outro no cordão de isolamento de uma só foliã. Entre um soluço e outro, sem levantar a cabeça, respirava mais fundo e sentia o suor, o cheiro do desodorante com cerveja azeda, o calor, o Carnaval voltando. Entrou no ritmo do corpo quente. Pensou em quem seria o dono daquele peito tão afável. Daquelas batidas tão ritmadas. Sorriu para o pensamento, cantarolou a música, ensaiou um papo. Enfiou mais ainda a cabeça naquele casulo carnavalesco e aconchegante. Surdo, coração, surdo, coração. Da mesma posição, abriu os olhos e viu os pés daquele peito. Poderia casar com aqueles pés morenos. Encontrou delicadeza na forma com que eles vestiam as havaianas. Os dedos harmônicos. Fechou os olhos de novo e ficou mais um tempo curtindo a melodia do seu carnaval particular. No fim da ladeira, o anjo se...
Não me diga mais quem é você.

Renato Malkov

Desde que o samba é samba

Observava pela janela panorâmica do escritório como quem escuta a si mesmo numa gravação e não reconhece o som que saiu da boca, embora saiba que pronunciou todas aquelas palavras. Era Carnaval, mas não era o seu. Na rua, em lugar dos habituais automóveis com suas próprias baterias, sonoridades de lata e ranger de dentes, desfilava um bloco seguido de um pequeno aglomerado de gente com suas bebidas, risadas, palavras, beijos e suores. Há um ano, não saberia o cheiro que tem um bloco de rua, mas agora, ouvia-o com saudade, inscrito mais na memória que no próprio som que não ultrapassava as duas camadas de vidro vedado das janelas do terceiro andar cuidadosamente limpas pelo rapaz com uma tatuagem no pescoço, de quem nunca soube o nome. Bateu o pé no carpete, como alguém que trabalha em um escritório se sente confortável em fazer. Era o ensaio do samba que não sabia, mas que certamente passou a sentir em si. Afrouxou a gravata que, afinal, não serve para nada além da sensação de dia encerrado quando afrouxada e era essa a sensação que buscava resgatar junto ao samba que não ouvia. A sensação de bermuda, camiseta e tênis, um bar em qualquer esquina, cigarros e cerveja. Percebeu-se sentado numa cadeira do espaço do café e acenou para o conhecido do outro departamento, evitando levantar suspeitas de que sonhava. O corpo encostou confortavelmente, mas sempre atento ao fato de que ali não era sua casa. Apertou novamente a gravata. Um Carnaval atrás, amava. Não que um ano depois tivesse deixado de amar, nem mesmo que tivesse escolhido outro objeto de amor, mas o bloco surdo desfilando trouxe a saudade das chances que amar tinha, então. Continuava voltado para a rua, mas passou a observá-la com olhos opacos, voltando sua atenção para o que vivera havia um ano.

Seria a primeira vez que iria para um bloco de rua carnavalesco e havia marcado de se encontrar com duas amigas para irem juntos. Quando chegou ao bar, as duas já bebiam e, levemente embriagadas, pediram um copo a mais. Ele se serviu e completou seus copos. Brindaram, conversaram sobre o emprego de cada um, acenderam cigarros com fósforos emprestados e saíram pela rua. Enquanto caminhava, um pensamento tamborilava quase despercebido: a mulher que ele amava estava ali perto. Ela havia retornado de uma viagem fazia poucos dias e estava trabalhando, enquanto ele participava do tal bloco. Ela amava o Carnaval e, nascida em novembro, dizia-se filha dele. Ele não pôde conter o pensamento de que experimentar aquilo que o outro amava era uma forma de amar, ainda que silenciosamente. Então, vivo, entregou-se bêbado ao bloco, apaixonado por todas as pessoas que ali estavam, sem ritmo, sem coreografia e sem ar.

— Tomando um café?

— Opa.

Percebeu que as mãos estavam vazias e levantou-se para pegar o tal café que deveria estar tomando, embora nunca o tivesse planejado.

— Viu o bloco ali na rua?

— Vi, sim. Só a gente mesmo pra ter que trabalhar no Carnaval, hein?

— É. Fazer o que, né? Pelo menos daqui a gente vê o bloco.

— E tem ar-condicionado!

— Condicionado. Sim! Tem o ar.

— Bom, vou voltar lá.

— Termino meu café e já vou.

O café era ruim e, da janela, o bloco podia ser visto fazendo uma curva, fugindo do alcance da visão. *Ano passado, quem fugiu fui eu!*, pensou. Apoiou a testa no vidro e continuou resgatando o que vivera como quem descostura a roupa acidentalmente ao puxar um fio. Queria mesmo lembrar-se de todos os detalhes do que viveu ali e ficar nu. Aquele Carnaval de um ano atrás era uma chave para entender como estava onde estava agora, sem nunca saber bem se seria ali que deveria estar. Sem ar. No bloco, com as amigas, já não sabia mais quem era, onde terminavam e começavam os outros corpos e de quem era o suor que sentia pingar. O álcool falou mais alto, como de costume, perturbando os sentidos. Ao mesmo tempo em que se dissolvia na massa e nas batidas de percussão, pelo celular, trocava mensagens com quem realmente gostaria de estar. Tinha combinado que se encontrariam na casa dela assim que ela chegasse. Foi então que, num lampejo de consciência, desejou sair fosse lá de onde estava para poder tentar entender o que era necessário fazer para deixar de ser um bloco inteiro pulsando e voltar a ser só ele mesmo. Uma mão puxou a sua. *Vem. Vamos sair daqui. Não está dando*. Era a voz de uma das amigas que conseguiu reconhecer e se deixou salvar. Mal-estar. A língua dentro da boca atrapalhava enquanto sentia todos os dentes, um a um, vivos demais, dentes demais, brancos demais, escovados demais.

— E aí! Nem tinha visto que estava por aqui hoje. Achei que tinha conseguido tirar a semana do Carnaval.

Ele também não tinha visto que ele mesmo estava por ali.

— Não, não consegui. Estou aqui mesmo. Estamos aqui, não é?

— É. Bom, do jeito que as coisas andam, a gente tem que agradecer que tem onde estar! Vou lá. Até mais.

— É.

Concordou, mas não agradeceu. A língua era dura demais. Precisava voltar ao trabalho. O bloco que observava tinha passado, e já olhava para a rua vazia havia alguns minutos sem que se desse conta. Mas a narrativa incompleta gritava. A angústia da história não terminada era tanta que impedia o foco em qualquer outra atividade. Se fosse escritor, sofreria bastante, ou não escreveria nunca. Como alguém pode ser escritor se não sabe parar? No fundo, só era mesmo covarde e não enfrentava a si mesmo quando as palavras se inscreviam no papel. Era como falar. Quando se fala, parte de si está dada ao mundo. O que fazer quando se está no mundo? Narrava todas as histórias internamente para que não perdesse nenhuma delas, para que não sentisse o coração pulsando nas discussões que nunca teve e nas conversas que evitou. Trancou-se no banheiro e continuou a narrar, com vergonha de si mesmo. De novo, um banheiro que não era o seu. Mas há um ano, em vez de sentar-se silenciosamente, expurgava o que ainda de bloco restava dentro de si. Precisava conseguir andar e sair dali. Com quem encontraria? Era uma boa pergunta. Afinal, quem seria ela dessa vez? Foi apresentada como colega de trabalho. Sim. Era uma colega de trabalho no início de tudo. E no início de tudo há distância. Apostava que, inclusive na explicação cristã do início de tudo, existiu distância. Não é possível que Eva, apenas por partilhar de um osso de costela, tenha se sentido próxima de Adão. Afinal, quem era Adão senão aquele que lhe forneceu um osso? Mas o osso em comum pode, sim, ter sido o começo da aproximação. Como seria a primeira conversa se um osso não existisse em comum? E com ela? Havia ali um osso de costela? Trabalhavam no mesmo lugar. Bastaria? Trabalhava com tantas outras pessoas também. Mas lembrou-se de que não pensava nisso. Até que chegou um e-mail. Era ela. Respondeu. Chegou outro, que também foi respondido. Passou a ficar ansioso com a troca. Pouco se sabe sobre como e quando alguém passa a desejar. Ele não sabe dizer qual foi a palavra, qual foi o olhar, qual foi o sorriso, nem sequer se foi alguma dessas coisas, mas desejava. Ela chamou uma, duas, três vezes. Convidou para um café, convidou para uma festa, convidou. Por que será que disse "não"? Perguntou-se sentado dentro da cabine do banheiro, enquanto ouvia os colegas do trabalho urinando e expelindo gases. Pensar na paixão em meio à sujeira. Se fosse poeta, saberia o que fazer com isso. Como não era, só se calou mais profundo, torcendo para que ninguém o notasse ali. Retomou suas lembranças. Disse não até que disse sim. Por que será que disse "sim"? Também não soube dizer. Saíram para beber. Ele, inseguro, não a beijou no bar, embora desejasse. Ela demonstrou que queria.

– Por quê?
– Oi? Tem alguém aí?

Sentiu o rosto arder na hora. Como pôde deixar o som escapar assim pela boca?

– Oi. Desculpa. Achei que a porta estivesse emperrada, mas já consegui resolver.

Deu descarga fingindo livrar-se de algo, quando tudo na verdade continuava preso. Lavou as mãos e saiu. Como continuaria a puxar os fios que ainda faltavam dessa história? Sentou-se em frente ao computador. Digitou algumas palavras. Bebericou sua água. Fingiu. Sabia fingir bem. Bastava manter-se sério e concentrado, não fazia diferença em que. Aprendeu que raramente alguém percebia algo errado quando enfrentou crises de ansiedade e ninguém além dele mesmo soube que as enfrentou. Fingir concentração sem a ansiedade era fácil.

– E aí? Vamos? Já está na hora.

— Sim!

Entusiasmou-se mais do que o colega distraído esperava, mas não deu a menor importância para isso. O momento de continuar a lembrar valia mais que esconder a própria empolgação. Foi para um bar e pediu uma cerveja, a mesma daquele dia, para ajudar na costura. Ainda naquela noite, há um ano, foram até o carro dele, que os levaria até o carro dela, que levaria cada um para sua casa. Sem beijos. Não podia ser. O carro parou. Olharam-se. Tocou nos cabelos dela e aproximou-se. Ela o beijou. Sim. Foi ela. Ele sabia que tinha sido ela e gostava de se lembrar dessa forma. O conforto dos lábios se tocando, como se já se conhecessem antes mesmo de os dois terem se visto, o fez pensar. Desde então soube que tinha um novo lar.

— Mais uma?

— Sim, por favor.

Com ela, foram muitas. Bebiam, conversavam, beijavam-se. *Não me dê importância*, disse ela uma vez. Beijavam-se mais, bebiam mais, conversavam mais. *Desse mato não sai cachorro*, disse outra vez. Ele ouviu, mas fingiu que não. Não sabia não se importar. Foi então que deixaram de ser ele e ela e passaram a ser apenas ele e apenas ela. O que havia entre eles se perdeu no afeto que se pronunciou sem falar, oferecendo-se para o outro como quem espera ser acolhido por um guarda-chuva de um estranho qualquer. Era o que ele podia. Era o que ela podia. Mas um não pôde com o outro. Ainda assim, muitas vezes ele voltou para aquela casa e sentia-se cada vez mais assim ao lado dela, em casa. Eram idas e vindas. Encontros e despedidas, como ela definiu a vida apresentando-lhe Bituca. Veio, então, o Carnaval.

— Passa algum bloco por aqui?

— Passa, sim! Daqui a pouco vai começar um desses ali embaixo, ó...

— Entendi. Já estou ouvindo algum barulho, mesmo. Pode me trazer mais uma, por favor?

O barulho realmente começava a aumentar. O movimento na rua também. Voltou para o seu Carnaval. No seu Carnaval, eles estavam em outro momento de não ser, mas havia chegado a hora de vê-la. Tinha um presente que ela havia trazido da viagem para buscar. Ela já o estava chamando quando despertou do chão do banheiro da amiga. Ergueu-se só ele mesmo. Todo o bloco já tinha ficado para trás. Despediu-se, desculpou-se e saiu. Descia o elevador e respondia às mensagens: "já estou chegando!". Queria muito chegar. Disparou a correr. Precisava ser mais rápido. Não poderia se permitir perder o pouco tempo que teria. Era um homem correndo pelas avenidas da cidade, em meio a foliões, carros, pedestres e tonturas. Ele corria. A pressa era tanta que não sabia mais para onde corria. Queria chegar em casa. Na casa dela que era também sua. Na casa que era ela. Que rua era aquela? Como pôde se perder? Riu em voz alta no bar enquanto recuperava a desastrosa corrida por dentro. Precisava chegar. A cidade nunca foi seu forte. Sempre um tanto misteriosa e viva, escondia seus caminhos como que de propósito. Pediu informações. Perto do bar, o bloco parecia ter começado a tocar. A música combinava com o momento e, na lembrança, ela abriu a porta e o abraçou. Como era bom estar em casa.

Você gosta de umas coisas cafonas, não é? Ele perguntou, provocando. Não era uma questão estética. Ela riu. Ele fez menção ao ato de ajoelhar-se e pedi-la em namoro ali, do jeito mais cafona possível. Apostou que ela gostaria. Riram de novo. Mas ele não pediu.

— Pode me emprestar o isqueiro, por favor?

Acendeu o cigarro e tragava disfarçando os suspiros de descontentamento consigo mesmo. Não pediu em namoro. Não falou o quanto amava. Não falou que estava em casa. Beijaram-se e aquele lugar entre os dois voltou a existir, mas ele não falou. E se tivesse falado? Essa era a grande tentação. Lembrar-se do que já havia vivido e do tempo que já tinha passado e perguntar-se: e se? E perguntar-se "e se?" é abrir a porta para a saudade do futuro que nunca veio. É colocar a mesa de jantar para dois sabendo que estará sozinho. E estava sozinho. Sentia falta de casa. Dos olhos e da janela. Das pernas, portas, paredes e pontes que construíram. Dos lábios e dos armários. O bloco se aproximava com sua pequena multidão. O que se faz quando o teto e o chão já não são e os planos acomodados entre eles ficam suspensos? Quem recolhe tudo o que sobrou? O que se faz do amor que não acabou, mas que não tem mais lugar? Como se lida com o tempo que se tem quando não mais se está onde achava que deveria estar? Para onde se vai? Não foi. Ficou. Um bloco. Um monolito implacável que bebia, fumava e sentia falta. Um tijolo.

— E eu continuo com a porra da gravata.

Não sabia mais para quem falava. Pediu a conta e arrancou a gravata. Deixou-a na cadeira ao lado torcendo que nenhum garçom percebesse, para que pudesse convencer-se no dia seguinte de que se esquecera dela em algum lugar do qual não conseguiria lembrar-se. O alívio do fim do dia não veio. Pagou. Sorriu mostrando os dentes. O bloco chegou com sua pequena aglomeração. O que se faz quando não se sabe o que fazer? Ouviu a marchinha. Marchar.

— A gente tem que ir, não tem? Tem. A gente tem que ir.

Acertou o passo trôpego. Acendeu mais um cigarro como se fosse o último desejo de quem vai decidido para o paredão de fuzilamento, certo de que o crime que cometeu era justo e que morrer por ele é um bom preço a pagar. Chovia. Fechou os olhos. Abriu a boca. Cantou.

— A tristeza é senhora...

Desde que o samba é samba é assim.

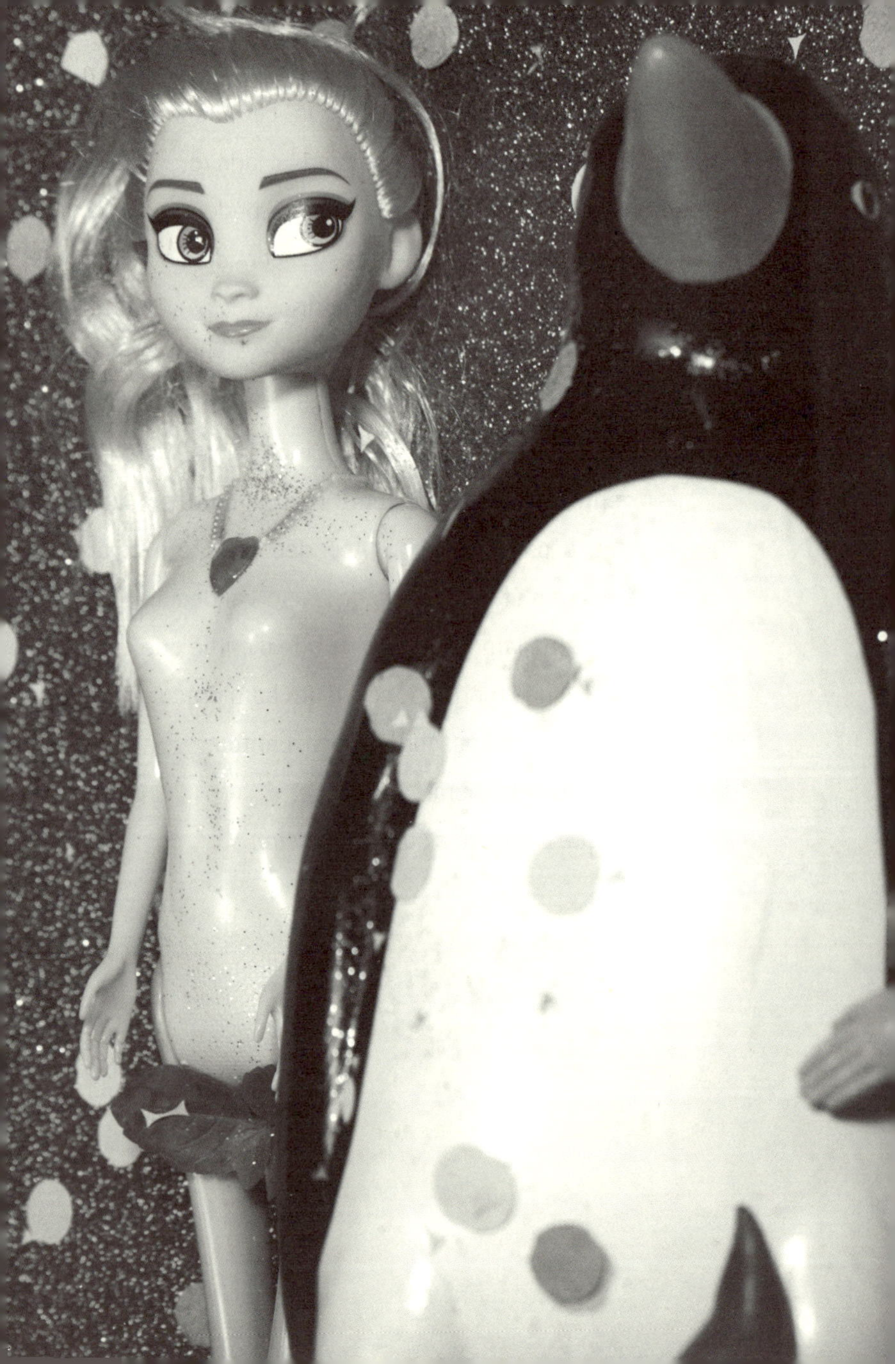

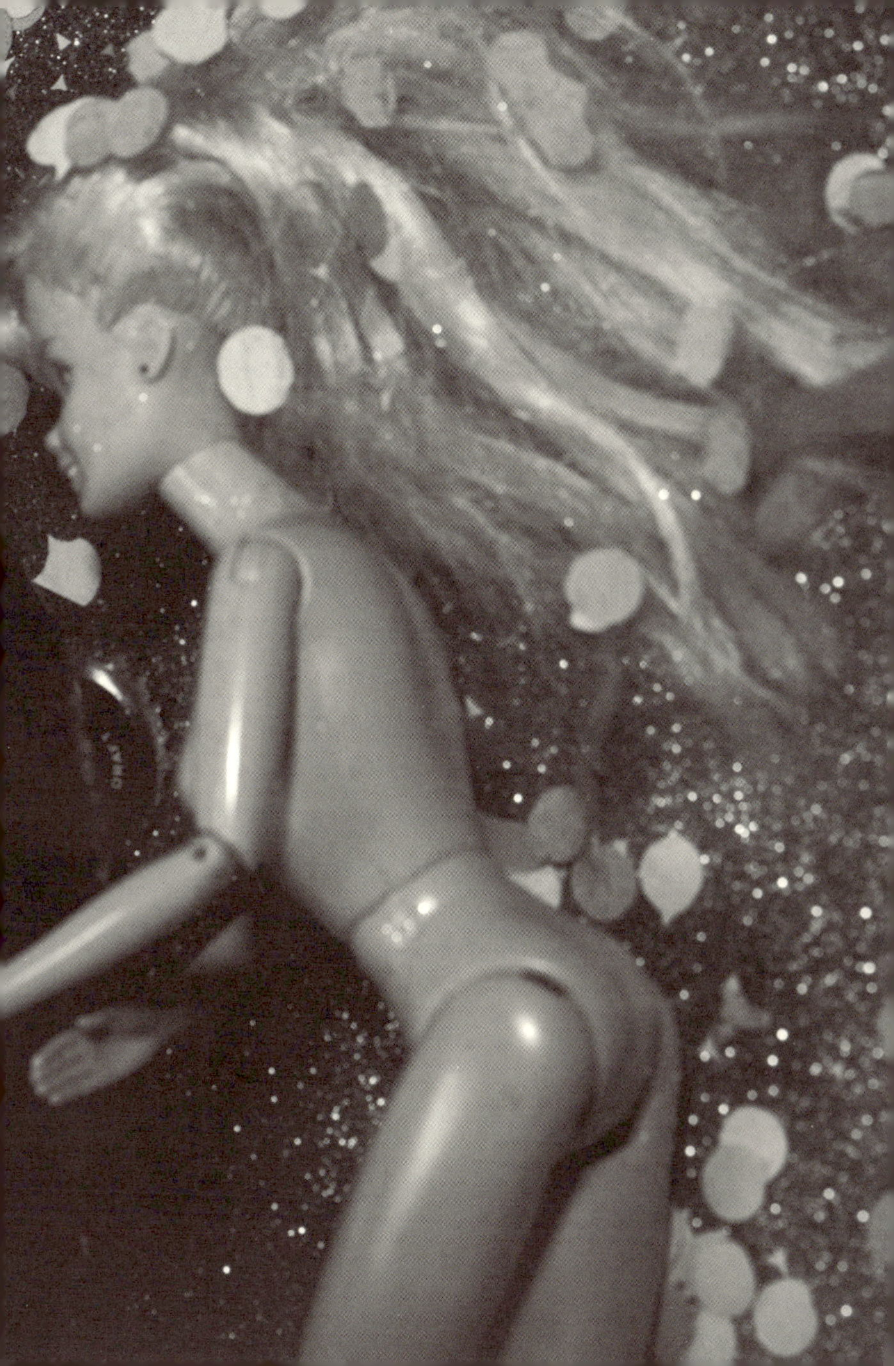

TERÇA-FEIRA

Todos os amigos sabiam: a Marília não podia tomar a segunda caipirinha. Em hipótese nenhuma. Era chato, mas tinham que ficar de olho na menina. No Carnaval de 2007, fingiu que ia ao banheiro e tomou a dose extra escondida. Parou o bloco e tentou sequestrar o trio ameaçando o motorista com um canivete. Sorte que o canivete era o Edu, fantasiado assim para chegar nas meninas e falar sobre suas funcionalidades. No ano seguinte, sem ter sido alertado pela galera, o namorado novo da

Carol dividiu dois copos com a Marília. Ela não sossegou até o vocalista deixá-la gritar ao microfone *Se organizar direitinho todo mundo transa*. Já no Carnaval de 2011, aguentou firme. Negou até um sanduíche cuja carne fora temperada com pinga e limão. Foi uma guerreira – não por estar fantasiada de *She-Ra*. Até que a terça-feira chegou. Sozinha em um bloco novo a que os amigos não quiseram ir, ela tomou uma, duas, três. E fez a coisa mais estúpida da sua vida: beijou o Carlos, hoje seu marido.

André Zamboni

O diabo e a morena

Eis que o diabo, já na madrugada de terça-feira, foi cumprir um de seus rituais favoritos: na última noite de Carnaval, em algum salão desta terra bonita por natureza, ele, todo vestido de branco, seduz a foliã mais bonita da festa. Após conquistá-la, após prová-la da forma mais intensa e absurda possível, ele a abandona, deixando-a sofrer de amor a vida inteira, até morrer de saudade.

Nesta noite, entre pierrôs e colombinas, bambas e arlequinas, ele escolheu uma bela morena de quadril e sorriso curvilíneos. Entre um remelexo e outro no samba, o malandro a agarrou pela cintura e tascou-lhe um beijo de língua, que de tão longo começou na pista de dança e acabou no banheiro, os dois esbaforidos, o espelho suado, o segurança batendo à porta. Enquanto a farta porta-bandeira colocava em ordem a comissão de frente, o danado do mestre-sala infernal foi embora, sorrindo para as passistas apuradas na fila do lavabo, feliz pelo dever cumprido.

Mas os dias sucederam-se sem que houvesse uma lamúria sequer da morena. O diabo, curioso pelo ineditismo do fato, voltou ao mundo dos vivos e encontrou-a às voltas com um copo de cerveja. Os dois beberam, os dois riram, e a ele ela pareceu mais bonita agora, sob o véu do álcool e da luz morna do boteco. Ela convidou-o para um café, e, depois de o fogo do amor arder no sofá da sala (o bule e o pó de café ainda guardados), ele abandonou-a de novo, mas não sem antes observá-la dormindo, enquanto fechava delicadamente a porta.

As águas de março haviam passado, e nada de a morena sofrer. O diabo aborrecia-se ao torturar as almas penadas e enfezava-se com os súditos que duvidavam de seu poder de sedução. Resolveu adotar táticas de batalha agressivas contra o livre-arbítrio: engordou a conta bancária, vendeu-se como celebridade nos *outdoors* da cidade, vestiu-se de palhaço e divertiu crianças com leucemia no hospital infantil. Adicionou a morena no *Facebook*, mandou mensagem com *emoticon* de coração via *whatsapp*, enviou carta com papel perfumado. E, depois, emudeceu por dias, o comichão remoendo as borboletas satânicas no estômago. Ainda assim, por mais que o diabo se esforçasse, por mais recuo que desse à bateria, nada comovia a morena. Nem uma mísera lágrima.

Contudo, após muito quais-quais-quais e uma boa dose de ziriguidum, convenceu-a a morarem juntos. Às pressas, mudou a decoração *dark* do covil para uma proposta mais *clean* e minimalista, trocou o costumeiro odor de enxofre pelo aroma cítrico de *hugo boss*, transformou Cérbero num coelhinho fofinho de olhos vermelhos. Tramando ser este o golpe final, agradaria a morena de todas as formas possíveis, performaria todas as posições do *kama sutra*, e, se preciso fosse, plantaria uma macieira no jardim, emolduraria a casa numa cerca branca, enfiaria no teto uma chaminé cuja fumaça fosse cor-de-rosa, e, por deus, faria nela dois filhos (um menino e uma menina). E, tão logo a morena atingisse a plena felicidade, essa coisa irreal até para o diabo, ele desapareceria, e ela, então, de amor por ele sofreria.

Porém, numa quarta-feira de manhã ensolarada, o diabo acordou sozinho na cama. O lado da morena, frio e desarrumado, trazia um bilhete. Não havia muito o que dizer: ela ressaltava as qualidades do diabo (atencioso, engraçado, bom-de-cama) e o quanto ele a tinha feito feliz; desejava (segundo ela, do mais profundo desejar) que ele encontrasse alguém que o fizesse feliz.

Então o bilhete caiu no tapetinho rosa e verde rendado, pois o diabo já não tinha mais mãos. Pouco a pouco foram sumindo seus braços, e então seus pés e depois suas pernas. Pouco a pouco seu tronco vermelho foi abrancando, afinando, encolhendo, até virar folha de papel. De seus olhos escorreram lágrimas escuras que, antes de sua cabeça desaparecer, tornaram-se tinta, ganhando curvas nas letras, fôlego nas vírgulas, ponto final nos pontos finais. Eis que o diabo virou letra de samba e, neste instante, um vento maldito o escorraçou janela afora e o fez voar até o pé do gari-sambista, cujo samba-enredo seria eleito o melhor do Carnaval do ano seguinte, sob o título de "Pro diabo que te carregue – ô lá em casa!".

FRANCIELI (BELJO GREGO)
9843-9211

Ana Paula Dugaich

Alalaô

Vai para o Cantagalo? O Mario Bros não ouviu. Perdi a Ciça.

Me espremo entre o Papai Smurf e a Lady Gaga.

Duas gringas vacilam fora do trem.

En-tra! En-tra! En-tra!

O vagão faz coro. Alguém pisa no meu pé.

Elas entram.

Tiaras de diaba nas cabeças gêmeas:

Suvaco do Cristo?

Os médicos cubanos deliram, *siiiim!*

As gringas borram o olho esfumaçado de rir

e trançam as pernas.

O Papai Smurf fica com tesão
e imagina as duas se comendo.
O Popeye alemão gosta do cheiro
da noivinha.
O Trump levanta uma skol
com olhar de peixe morto
no casal de freiras com os peitos soltos na blusa.
O chão é sujo e úmido.
O vagão cheira a suor e cerveja.
Cheira azedo, cheira a peixe, cheira bacanal.
Tenho sufoco e atração por aquele esfalfelar de gente.
Mais atração que sufoco.
Hoje vim de Frida Kahlo, a Ciça foi contra, que *essa sobrancelha te deixa feia*.
Os coreanos Gangnam Style batucam no teto.
O Chapolin se anima com o tumtum
e chega a mão perto da bunda da Lady Gaga
que não é gringa, mas está de loira,
e não olha para trás
e se arrebita
e já que ela quer
o Chapolin usa o dedo indicador

para fazer carinho na calcinha dela.

Ela vira os olhos.

O vendedor de biscoito cobre minha visão.

Ainda bem que eu não fiquei na roda de samba das Laranjeiras.

Ainda bem que o Kiko terminou comigo.

Ainda bem que meu lugar é o Suvaco do Cristo.

Ainda bem que viajo no vagão.

Ainda bem que o Branca de Neve do morro beija a Hillary da zona sul e vai me beijar também, que eu sei.

Ainda bem que as lágrimas do Pierrô estão escorrendo e ele chora pelo Japonês da Federal, que eu sei.

Alalaô. Ainda bem que eles cantam essa música e o trem balança.

Ainda bem que os peitos das gringas relam um no outro.

Ainda bem que alguém encosta na minha coxa.

Ainda bem que a mão inteira do Chapolin está dentro da calcinha da Lady Gaga, que eu sei.

Ainda bem que o Che vê e fica de pau duro, que eu sei.

Ainda bem que a mão do marinheiro está gelando

os peitos soltos das freiras, que eu sei.

Ainda bem que todo mundo canta.

Ainda bem que as suecas vão se beijar de língua e querem *ménage*, que eu sei.

Ainda bem que alguém passa a mão na minha bunda e eu fantasio o Lampião, mas encaro a Laerte.

Ainda bem que alguém sobe a mão para a minha cintura e me faz rebolar com a marchinha.

Ainda bem que a freira procura meu peito com as costas, deus que me castigue depois.

Ainda bem que o vagão cheira azedo, cheira podre, cheira a peixe e sovaco.

Ainda bem que um,

dois,

três dedos

vão empurrar minha calcinha

para o lado esquerdo.

Ainda bem que o Kiko ficou em outra estação.

Ainda bem que tem uma língua chegando na minha nuca.

Ainda bem que não quero nem saber quem é.

E *viemos do Egito e muitas vezes nós tivemos que rezar.*

Ainda bem que o Trump está tarado na funkeira

e eu viveria neste vagão como quem se une a uma seita.

Alá, meu bom Alá.

Ainda bem que é Carnaval e calor e vapor e somos livres e nascemos para isso e me dá um gole dessa cerveja.

Ainda bem que o vagão está amoroso pegajoso libertino erótico radiante

Próxima parada: Cantagalo e ainda bem que vou... eu vou... eu vou...

Fernanda Machado

Seis noites com traslado

Amantíssima Colombina,

Embaixo da cama do hotel encontrei sua peruca de Marilyn. Me fez lembrar do primeiro dia seguinte em que te descobri morena, minha pequena Pocahontas. O banheiro está cheio de purpurinas, princesa Léa. O sabonete, meu aparelho de barbear, a caixa das lentes. Micro e involuntárias lembranças dentro da mala. Tudo pronto. E justo quando a temperatura do meu corpo já estava se acostumando ao vento do seu leque de gueixa, o ar voltou a funcionar. É isso o fim do Carnaval? O ar voltar? Me diz como eu faço para tirar esse eco de marchinhas da cabeça? Quanto tempo elas ainda vão tocar no silêncio? Você, Mulher Maravilha, deve saber. Em cinco dias meus pés perderam a noção do que seja um sapato. Roupas apertam, quero dançar. Cleópatra, tentei ligar para me despedir, mas já entendi que as baterias dos aparelhos duram menos que um bloco de carnaval. Minha freira predileta deve estar por aí, suada, de bata e sem sinal. Faltou saber se, quando eu desembarcar, vou conseguir parar de andar com esses passinhos juntinhos, arrastando os pés, procurando sua cintura. Acha possível que, no avião, eu bata com as mãos na janela, no teto, ritmando algum samba? O de trás, o da frente e o do meio vão sorrir e me acompanhar? Acha possível que nesse voo você esteja presente, comissária? Frida, é madrugada de quarta e nada de cinzas. Os folhetos de turismo precisam se atualizar quanto às datas.

Junto com este bilhete e os cabelos de Norma Jeane, deixo todo o meu amor a vocês. Inesquecível odalisca, obrigado por me apresentar o Carnaval. Depois que ele acaba, até quando continua na gente? Faltou perguntar.

Obelix

CARTAS
TAROT
97104-4351
97965-93
2476-629

AZ AMARRA
O A

pagto após Resultad

Raphael Guedes

Festa de Piratininga

Quando a folia começou, ela estava sozinha em uma planície estranha, assim sem fantasia nem amor. Mordeu um naco de fruta, cuspiu o caroço e limpou a mão na túnica simplória e alva que a cobria do pescoço aos joelhos. Ao ouvir o bater de um tambor vindo dos lados do Tamanduateí, resolveu dançar um bocadinho uma dança mui respeitosa e antiga, requebrando feito siriema. Alguns moços logo surgiram. Eles riam e sincronizavam seus pés vermelhos com os dela. Para onde se olhava, havia fruta grumixama. E comiam o quanto queriam. E dançavam feito crianças. Seguiram sacolejando até um pátio, local apropriado para reunir mais gente. Um padre de folia e de outras tentações se aproximou. *Dança comigo, menina*. E ela dançou, prestando atenção nos pés ágeis do farrista. Assim encontrou uma dessas coisas bestas que se acha em chão de Carnaval. Que se pisa sem olhar mas quando se olha não se pisa. Era uma corda de fibra de curauá, coisa de metro e meio. Pegou-a do chão e amarrou na cintura, dando duas voltas em cima da túnica branca. Ganhou sua primeira fantasia, que também era de padre. E passou a dançar com os moços uma dança também mui antiga, mas menos respeitosa. E aquela gente dos pés vermelhos continuou a acompanhar. A folia ganhava forma feito taipa de pilão quando uma pequena desavença aconteceu: um tal de Ramalho, de Santo André, veio prometer amor eterno. Ela até se interessou, mas o padre ficou furioso. Antes de o rebuliço acabar com o cortejo, todos ficaram amigos, triangulando pelas ruas de barro nas quais pés vermelhos preguiçosamente marcavam o andamento. E ela dançava feito adolescente pelas encostas do Anhangabaú.

Seu coração bateu mais forte quando avistou um galego lindo, vindo do bairro onde higiene não faltava, a liderar um novo corso vistoso e imponente. Um estandarte com filamentos de ouro anunciava: "Bloco da Saca". *Viva o Barão*, era o refrão da marchinha. O galego aproximou-se da moça e com um bafo de café passou a cortejá-la. *Vou abrir avenidas para você passar.* E ganhou dele um lindo vestido de plumas, que colocou apressadamente por cima da túnica. Achou-se linda, pronta para um baile em qualquer castelo fino da Europa. Ou do Jardim Europa. Seria isso o amor? *Vem sambar no meu casarão*, continuou o suposto nobre. Uma gargalhada geral e pecaminosa ecoou pelos campos, apelidados por eles de elísios. Só não riu quem tocava: gente de canelas morenas que até sangravam pela festa baronesca. A nova corte começou a substituir todas as fantasias do passado, todas as túnicas, a arrancar todas as cordas de curauá, a expulsar os pés vermelhos. E o Carnaval ficou pomposo. Um sujeito de bigode, que vinha logo atrás, ofereceu um maço de cigarros. Tinha uma voz anasalada e falava palavras engraçadas e sem sentido: *belo*, *piu*, *prego*. Batucava numa caixa de fósforo e chamava todo mundo para o cortejo: datilógrafos, arquitetos, funcionários públicos, tecelões, motoristas de bonde. Mas coisa esquisita passou a ocorrer ali: todos chegavam com um presente para a moça, que ficava sem graça em recusar. Mal vestiu um colete de lantejoulas por cima do vestido e recebeu uma roupa de odalisca. Na cabeça, equilibrava um chapéu de paetês, um de pena de ganso e mais um acessório brilhante. A coisa esquisita virou coisa louca. Em uma velocidade vertiginosa que atrapalhava a cadência, foi empilhando adereços. Uma multidão cada vez maior seguia o trio elétrico, que soltava mais fumaça que um francês existencialista. Os amigos do sujeito de voz anasalada colocaram buzina no samba. Ela não conseguia mais dançar. Aquela gente da canela morena batia tambores mudos. O alfaiate costurava bocas. O puxador engolia esfirras. Não havia mais música alguma, só o barulho do céu chorando fino. Em uma rua recém-asfaltada para além do Tietê, o cortejo parou feito coração de gente que não ama.

Ela sentou-se numa sarjeta, tirou todos os adereços e passou a contar os confetes que a água suja levava. As ruas estavam desertas. O silêncio era caótico e duradouro. Um instalador de gatonet passou e perguntou sobre o bloco. *Não tem mais bloco*, respondeu cabisbaixa. *Vamos fazer um*, sugeriu ele. *Não sei mais qual minha fantasia*, resmungou. Uns esfarrapados passavam por ali bem na hora e emprestaram uns trapos. Ela se animou e resolveu construir a sua.

Saíram andando por aquela planície que um dia foi calma, fazendo um samba simples como o canto do bem-te-vi. Sob o transe do timbal, chegaram a um elevado. Ela estava linda: alguns respeitosamente elogiavam; outros já chegavam tarados. Um povo simples veio atrás do samba simples, também pelo prazer de ocupar as ruas. De cada prédio saía gente de uma cor diferente, todos recebidos com entusiasmo. Um senhor de bigode dizia em português castiço para o cortejo parar, mas foi interrompido por uma menininha vestida de abelha: "Vô, me levanta para eu ver". Ele a levantou e esqueceu do resmungo quando viu os acadêmicos. Atrás de um jegue elétrico, seguiram para a terra das três irmãs, onde uma multidão se reuniu, cantando marchinhas em todas as línguas. E por ali onde malabaristas jogavam batatas, havia pés vermelhos, canelas morenas, moças mascando pimentas e galegos viris. Havia filho de barão, empregado de barão, dizem até que viram o próprio caindo no borogodó. Formou-se uma improvável confraria, da qual ela se orgulhava de fazer parte. Havia gente de voz anasalada e gente que chiava com a boca, pedindo para o povo chegar mais. Ia quem queria. Mas mestre, ninguém servia. E sob o efeito daquela fumenga toda, sentindo-se a completa tradução de tudo que aconteceu, ela foi pedida em casamento. E até hoje samba feliz.

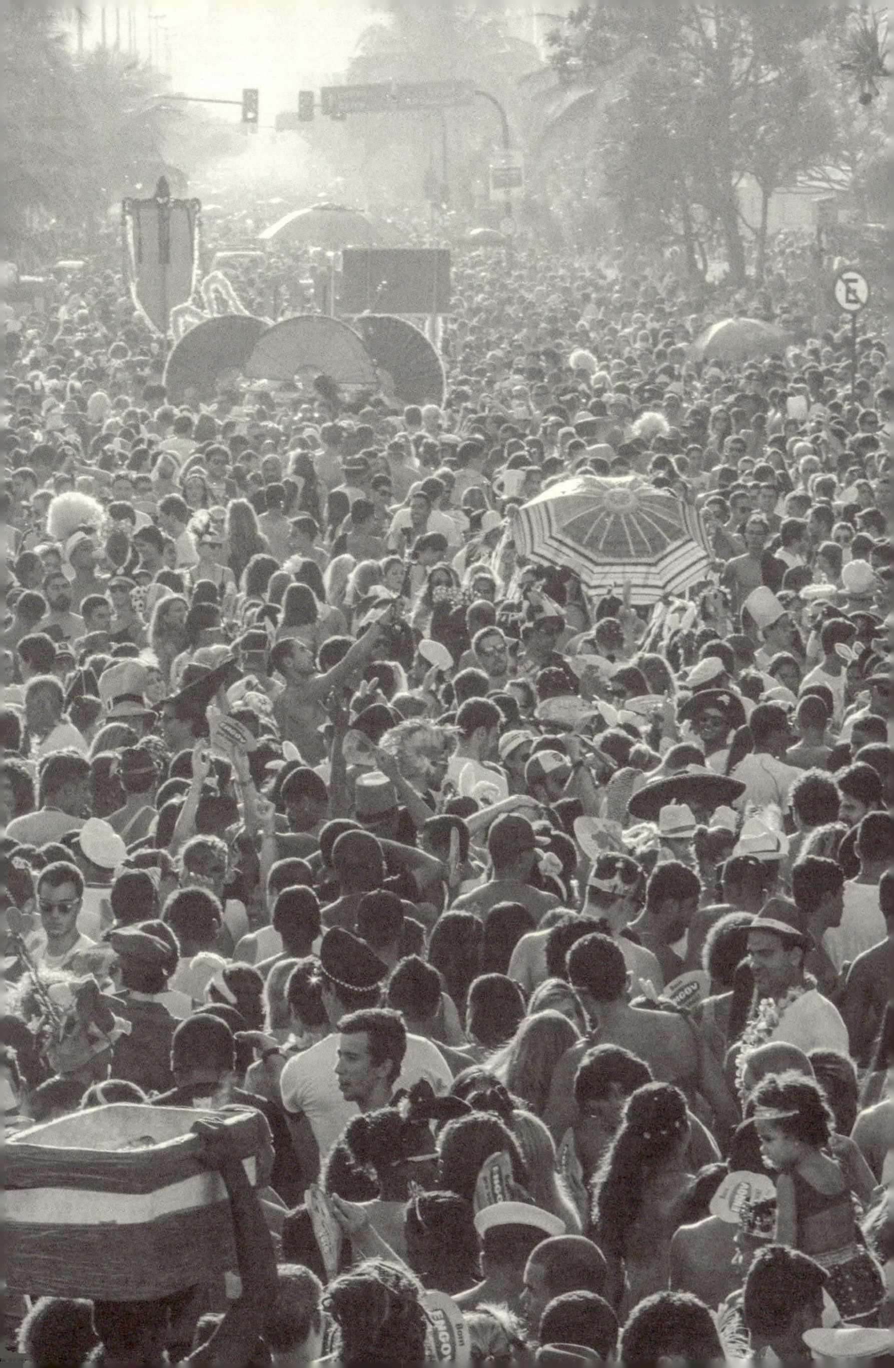

QUARTA-FEIRA

Ainda de ressaca, Zé Gonça chegou à encruzilhada. Galinha preta debaixo de um braço, cachaça e pipoca debaixo do outro. Sete minutos depois, chegou o Diabo.

– Pois não.

– Ô, Diabo, quero vender minha alma. Toquei muito mal meu cavaco nesse Carnaval.

O Diabo, como de costume, não estava para muitos amigos:

– Como chama a amizade aí?

– José Gonçalves Pinto. Mas pode chamar de Zé Gonça.

– Zé Gonça, desculpa, mas não compro alma que quer tocar cavaco.

– Como assim, seu Diabo?

— Cavaco é muito simples. Quatro cordinhas só. Não vale o negócio.

— E que tal me deixar fera no cavaco e agilizar a Neide, lá de Realengo? Sou apaixonadão por ela. Põe aí na conta, cavaco mais a Neide. Fechou?

— O problema não é a Neide, Zé Gonça. É o cavaco. Com cavaco a gente não trabalha.

— Mas ouvi que...

— Deve ter ouvido do Mississipi. Lá é outra história. Guitarra, *blues*, os caras arrepiam... Trabalham a *blue note*, outra *catiguria*...

— Não acredito. O Diabo recusando minha alma.

— Zé Gonça, Diabo é coisa de católico, você é do candomblé. Já começa daí.

— Pô, me disseram que com alma você sempre faz oferta.

— Mas não com cavaco.

— Tá bom, esquece o cavaco. A Neide, dá negócio?

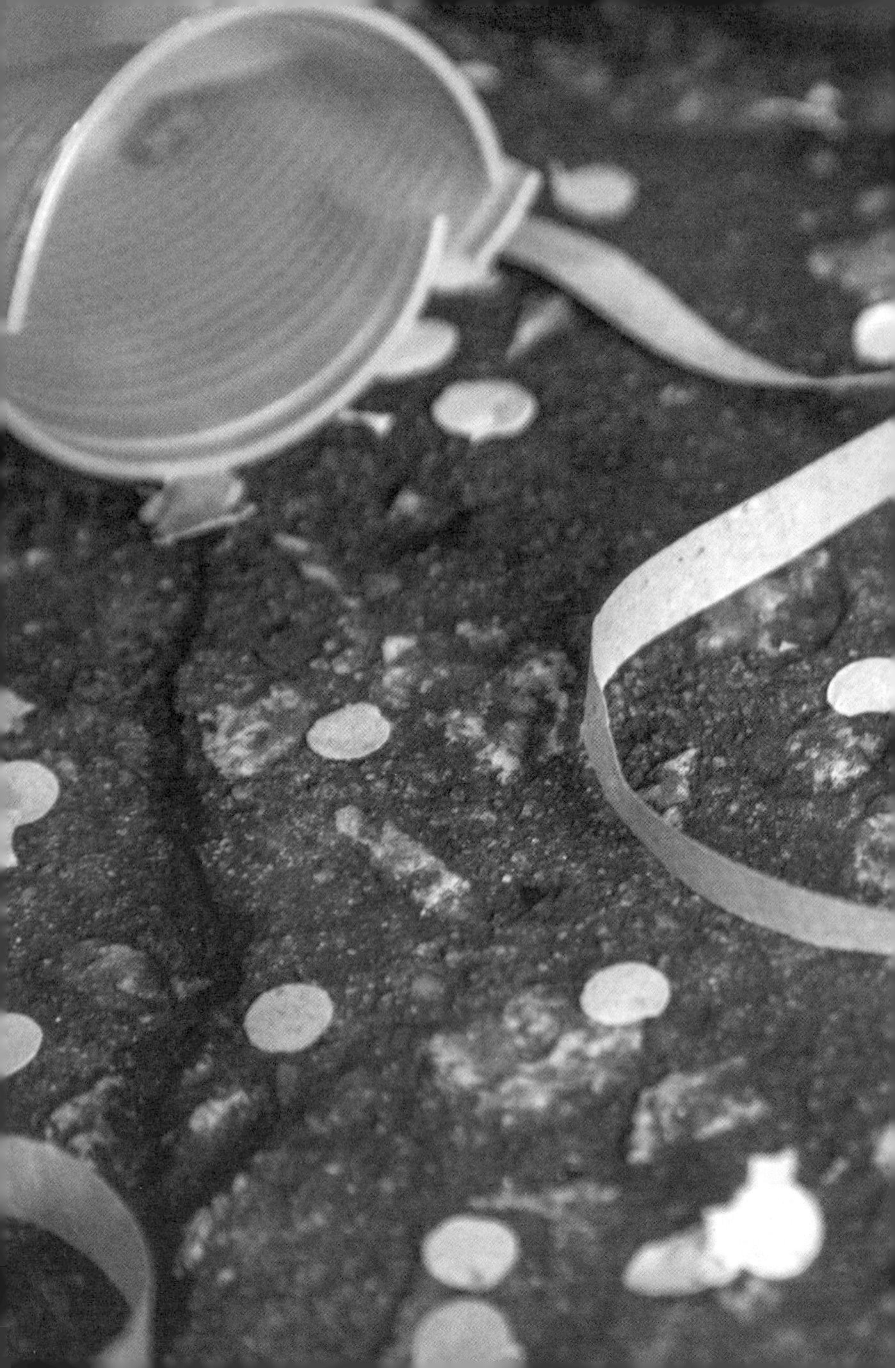

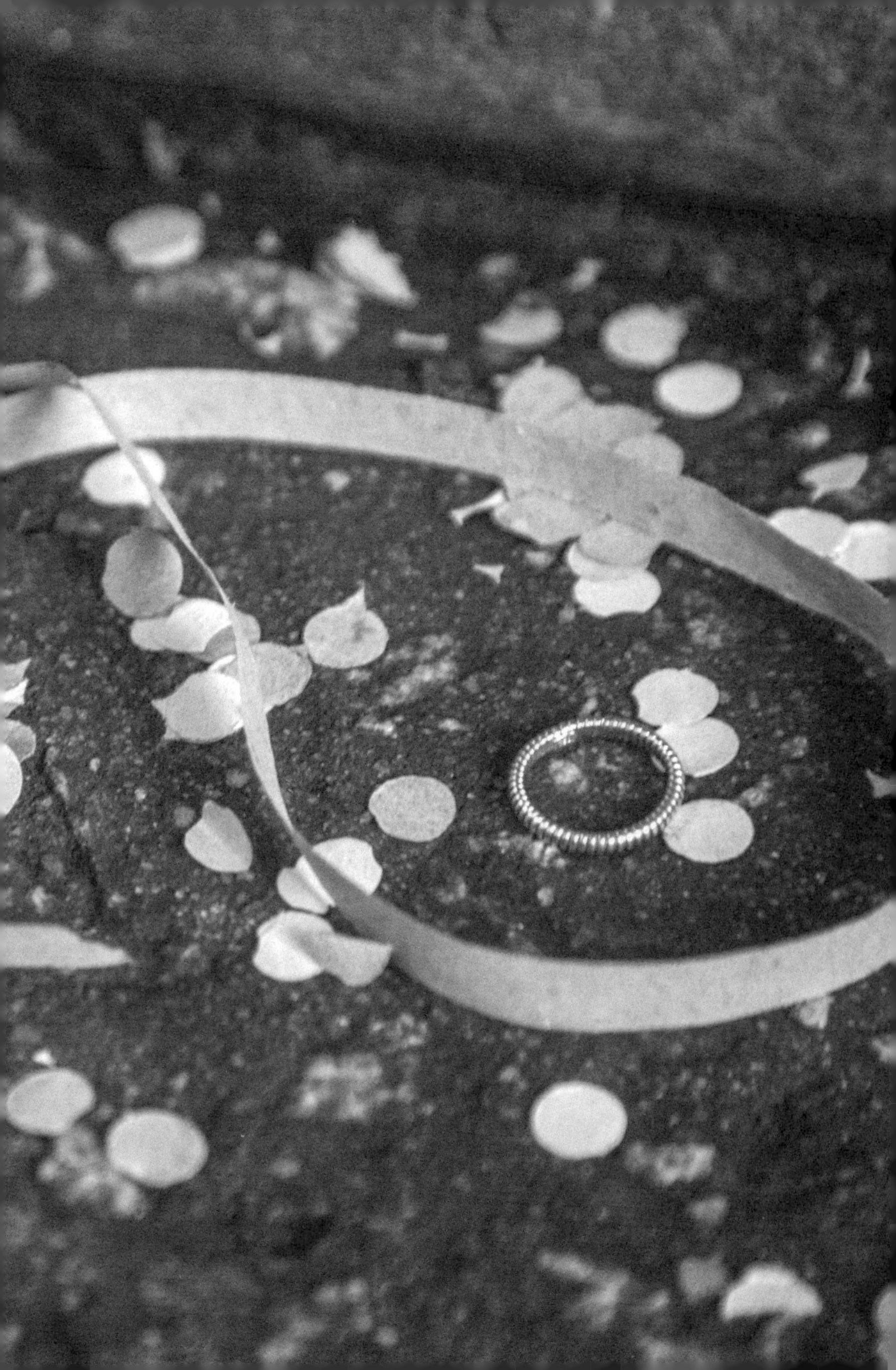

Os autores

Adriano De Luca: Jornalista e escritor, sócio da Grappa Marketing Editorial, tocador de rebolo, reikiano e pai do João.

Ana Paula Dugaich: Nunca foi foliã, mas coleciona histórias de amores e outras relações passageiras. Está lançando um livro infantojuvenil pela e-galaxia. Participa do coletivo literário Djalma.

André Zamboni: Natural de Pedreira, no interior paulista, é editor há dez anos. Especialista em jornalismo científico, publicou trabalhos em revistas da área. Escritor, teve contos selecionados para antologias pelo Salão de Humor de Piracicaba. Atualmente vive em São Paulo.

Eduardo Guimarães: Atua como editor e já lecionou História e Geografia na Educação Básica. Escreve sobre temas candentes do mundo contemporâneo em seu blog e procura, a passos um pouco lentos, publicar sua primeira coletânea de contos chamada *A morte e o silêncio*.

Fabiana de Franceschi: Paulistana, mãe de dois meninos, casada, advogada com artigos publicados em revistas da área, mas adora escrever crônicas por aí.

Fernanda Machado: Mantém há 9 anos o blog Palomices e faz parte do coletivo literário Djalma. Já rodou o Brasil como assistente de Cathleen Miller, autora do best-seller *Flor do deserto*.

Luis Vassallo: Paulistano, atua como designer gráfico. Publicou os livros *À beira do lar* (contos), *A grande viagem do conhecimento* (juvenil), ambos pelo Selo Off Flip, e *O livro das portas* (infantil), pela Editora Patuá. Seu primeiro livro possui contos premiados em alguns concursos literários.

Gabriel Pondé: Compositor, jornalista e escritor. É Flamengo e União da Ilha desde 1981.

Guilherme Figueira: Redator publicitário e escritor. Em 2015, lançou o seu primeiro livro, *Tantos anônimos e um ou outro com certidão*, com 50 pequenos contos escritos em prosa poética.

Gustavo Vilela: Tem 10 anos de carreira como redator publicitário em agências no Rio, São Paulo e Lisboa. Em 2014, lançou o livro infantil *O menino que tinha tudo*. Atualmente, prepara seu segundo livro e também atua como roteirista.

Raphael Guedes: Estudou literatura na Universidade de São Paulo e na University of Arts London, trabalhou em festivais literários como Flip, Bienal do Livro e Tarrafa Literária e é fundador e organizador do Bloco Casa Comigo.

Renato Malkov: Formado em psicologia pela Universidade de São Paulo, começou a escrever durante os anos de graduação. Atualmente, mantém um blog pessoal no qual publica contos, poesias e fotografias.

Agradecimentos

Assim como o Carnaval, este livro foi feito com a força coletiva:

Angela Nunes

Bianca Fanelli

Dane Pereira

Fernanda Neder

Flávio Manzatto de Souza

Germana Zanettini

Isabela Johansen

Jorge Brivilati

Pedrão da Merça

Piero Sellan

Thiago Peregrino

Thiago Pontes

© 2017 Laranja Original Editora e Produtora Ltda.
Todos os direitos reservados.

www.laranjaoriginal.com.br

Publisher Filipe Moreau
Coordenação editorial Gabriel Mayor
Concepção e organização Raphael Guedes
Edição Luis Vassallo
Revisão Flávia Portellada
Ieda Lebensztayn
Capa, projeto gráfico e diagramação Luis Vassallo

Texto revisado segundo o novo Acordo Ortográfico da Língua Portuguesa.

Dados Internacionais de Catalogação na Publicação (CIP)
(Câmara Brasileira do Livro, SP, Brasil)

Amores carnavais : contos sobre a folia / organização Raphael Guedes. – São Paulo : Laranja Original, 2017

Vários autores.

ISBN 978-85-928-7506-0

1. Carnaval 2. Contos brasileiros I. Guedes, Raphael.

17-01011   CDD-869.3

Índices para catálogo sistemático:
1. Contos : Literatura brasileira   869.3

Créditos das fotos: Erica Modesto: páginas 1, 8, 12-3, 21, 81, 92-3, 105, 133, 151, 160
Mário Águas: páginas 6-7, 11, 27, 35, 55, 64-65, 124-5, 143, 154-5

Autoria dos textos da série "dias carnavais": Raphael Guedes,
com exceção do texto "Segunda-feira", com autoria de Fernanda Machado.

Fontes: Conduit e Formata | Papel: Pólen soft 80 g/m²
Impressão: Gráfica Viena | Tiragem: 1.000 exemplares